Feuer & Flamme für den Bodyguard

Violet Rae

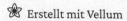

Buchbeschreibung

Chastity

Als engagierte Betreuerin für Kinder mit besonderem Förderbedarf dreht sich meine Welt nur um die Kleinen, daher bleibt keine Zeit für Verabredungen oder Ablenkungen. Nun, bis mich die Nachricht von der Wiedervereinigungs-Tour von Soul Obsession erreicht, denn das wird meine letzte Chance, sie live zu erleben! Zusammen mit meinen Freundinnen stürze ich mich also ins Abenteuer, aber dass diese Tour mich total in Aufruhr versetzen und meinen Traumurlaub in einen Albtraum verwandeln würde, konnte ich ja nicht ahnen. Plötzlich taucht Xander auf, der unwiderstehlich heiße Bodyguard der Band - und mein unerwarteter Beschützer. Stattlich, dunkelhaarig und mit sonorer Stimme, entfacht er in mir ein Feuer, wie ich es noch nie erlebt habe. Er hat mich vielleicht aus einer ungewollten Notsituation gerettet, aber ein schüchternes, pummeliges Mädchen wie mich würde er er doch sicher nicht zweimal ansehen... oder doch?

Xander

Als Bodyguard von Soul Obsession sind meine Tage damit ausgefüllt, die Band vor all dem Chaos zu beschützen, das mit dem Ruhm einhergeht. Keine Zeit für persönliche Verwicklungen oder Ablenkungen, also! Bis zu Chastity... Die üppige Rothaarige mit den smaragdgrünen Augen stellt meine Welt total auf den Kopf. Sie ist fesselnd, wie ein Feuer in der Dunkelheit, das meine Sinne in Brand setzt. Doch als die Gefahr lauert und Chastity meine Hilfe braucht, schwöre ich mir, dass ich alles versuchen werde, um sie zu beschützen!

Kapitel Eins
Chastity

Twin Pines, Colorado

Beim Betreten des Coffee Shops winke ich Sandra hinter dem Tresen zu und nicke auf ihre Frage: „Wie immer?"

Heute war mal wieder ein langer Tag, aber welcher Tag ist das nicht? Mein Job, bei dem ich mit Kindern arbeite, die besondere Zuwendung benötigen, ist wunderbar, erfüllend aber auch anstrengend. Ich liebe „meine" Kleinen, aber die Anforderungen des Jobs sind vielfältig. All das wird auch nicht gut bezahlt, aber es ist der Job meines Herzens. Ich liebe Kinder über alles und möchte eines Tages ein halbes Dutzend haben! Okay, vielleicht nicht ganz, denn ich bin mir nicht sicher, ob meine Vagina das aushält, aber drei auf jeden Fall!

Dann schnappe ich mir meinen üblichen Platz in der hinteren Ecke und hole mein Handy heraus. Ireland hat uns heute Morgen auf dem Weg zur Arbeit eine Nachricht im Gruppenchat geschickt und verkündet, dass ihre Schwester Shelby aufregende Neuigkeiten für uns alle hätte. Also, wenn man „aufregend" und „Neuigkeiten" im selben Satz liest, denkt man doch sofort an ein Baby, zumindest dachte ich das. Da ich Shelby nicht so gut kenne, habe ich keine Ahnung, ob sie einen Freund oder einen festen Mann in ihrem Leben hat. Vielleicht ist es ja doch etwas anderes, vielleicht zieht sie in die Anden, um Bergziegen zu melken.

Kleiner Scherz am Rande! In Wahrheit hoffen wir alle, dass es jene Nachricht ist, auf die wir seit nunmehr zehn Jahren warten. Und mit „wir" meine ich unsere Gruppe von eingefleischten Soul Obsession-Fans. Was wäre, wenn sich genau jene Boyband wiederfände, die damals, als unsere Teenagerhormone auf Hochtouren liefen, mega-angesagt war? Die sich leider aber auch vor zehn Jahren aufgelöst hat... Nun, das hat uns nicht davon abgehalten, für sie zu schwärmen und auf eine Wiedervereinigung zu hoffen.

Durch meine Liebe zu Soul Obsession hatte ich die anderen sieben Mädels kennengelernt, und zwar auf einer Social-Media-Plattform, die sich ausschließlich mit Soul Obsession beschäftigt. Seitdem haben wir uns angefreundet und tauschen uns regelmäßig in unserer Chatgruppe online aus. Erstaunlich, wie man mit einem Haufen Mädels, die man noch nie getroffen hat, feste Freundschaften schließen kann, aber genau das ist bei uns passiert.

Als Sandra mir meinen Blaubeermuffin und meinen koffeinfreien Milchkaffee vor die Nase stellt, bedanke ich mich lächelnd. Magerer Milchkaffee ist das Einzige, was an mir mager ist. Mit meinen breiten Hüften, dem schwabbeligen Bauch, den roten Haaren und den Sommersprossen sehe ich genau so aus, wie ich bin - ein streberhafter Bücherwurm mit einem anspruchsvollen Job und ohne Sozialleben. Man hat mir gesagt, dass meine grünen Augen auffällig wären, aber ich mache mir keine Illusionen über mich. Ich war mein ganzes Leben lang übergewichtig, weil ich diese Kohlenhydrate einfach zu sehr liebe.

Ich war das Mädchen, das nie ein Date für den Abschlussball hatte. Verdammt, ich war das Mädchen, das während der High School nie ein Date hatte - ganz allgemein. Und die Verabredungen, die ich seitdem hatte, waren, gelinde gesagt, katastrophal.

Ein Typ hat mal zwei Stunden damit verbracht, mir zu erzählen, was er im Gefängnis alles gelernt hat - vor allem, dass man niemals etwas essen sollte, das wie eine Rosine aussieht.

Ein anderer nahm mich mit in einen Film. Wie sich herausstellte, war es ein Porno in 3D. Es gibt nichts Besseres, als mit einer Pappbrille zuzusehen, wie Sperma aus der Leinwand auf dich schießt.

Oh, und vergessen wir nicht den Typen von Tinder, der mich nach dem Date zu seinen Großeltern fuhr und sie weckte, um mich vorzustellen. Der arme Opa hatte nicht einmal Zeit, sich die Dritten einzusetzen.

Aber abgesehen davon scheinen die meisten Typen ein schlankes Supermodel mit aufgespritzten Lippen und falschen Titten zu wollen. Ich bin froh, behaupten zu können, dass nichts an mir unecht ist. Weder meine DD-Brüste noch mein dicker Hintern. Gott sei Dank haben mir meine Eltern ein starkes

Selbstwertgefühl vermittelt: Egal wie vollschlank ich bin, Gott liebt mich. Ich vermisse sie, seit sie von Denver nach Omaha gezogen sind, aber wir treffen uns immer in den Ferien.

Während ich nun so an meinem Milchkaffee nippe, rufe ich den Chat auf meinem Handy auf und bemerke, dass Shelby der Gruppe bereits einen Link für ein Gruppengespräch hinterlassen hat. Schnell setze ich meine Ohrstöpsel ein, denn ich weiß, dass unsere Unterhaltungen selten für die Öffentlichkeit bestimmt sind, dann klicke ich auf den Link.

Acht Fenster, mein eigenes eingeschlossen, erscheinen nacheinander auf dem Bildschirm und zeigen jeweils eine Freundin, die meilenweit entfernt ist.

Shelbys breites Lächeln in der Mitte erhellt den Bildschirm. „Hey, Ladies! Die Soul Obsession-Wiedervereinigungstour hat begonnen!"

Daisy schreit auf: „Mein Gott, ich kann nicht fassen, dass es endlich losgeht! Auf diesen Tag habe ich schon ewig gewartet!"

Auch Ireland, Shelbys Schwester, kreischt vor Aufregung und bittet Shelby, ihr zu versichern, dass sie mitreisen darf. „Bitte sag, dass ihr dahin wollt und ich mitkommen darf", fleht sie.

„Ich kann nicht glauben, dass es schon fast zehn Jahre her ist, dass sie sich getrennt haben", bemerkt Resa. „Daisy, du siehst noch genauso aus wie damals, als wir Teenagerinnen waren!"

Laut lachend frage ich nach: „Wurdest du eingefroren, Daisy?"

Daisy lacht: „Ich creme mich gut ein. Aber das musst du gerade sagen, Chastity. Was ist dein Geheimnis?"

„Regenwasser und Schafsmilch, funktioniert jedes Mal!" versichere ich grinsend.

„Du siehst umwerfend aus", sagt Dani und lässt mich erröten.

Gott, ich liebe alle diese Mädels, aber Dani fühle ich mich am nächsten.

„Also, was die Wiederveinigung angeht", fährt Dani fort. „Ich habe da ein paar Neuigkeiten. Erinnert ihr euch an meinen mürrischen Nachbarn? Es hat sich herausgestellt, dass er Jax ist... der *Bad Boy Jax*!"

Lunas Augen weiten sich. „Warum wusstest du das nicht vorher? Oh nein... sind die jetzt alle alt und kahlköpfig geworden?"

Dani zuckt mit den Schultern. „Ich weiß nicht recht. Der Bart ließ ihn so anders aussehen. Aber da ist noch mehr! Ich sehe euch dann, weil wir quasi heiraten werden!"

Ich verschlucke mich fast, weil ich an meinem Milchkaffee nippe. „Du heiratest den gutaussehenden, Bad Boy Jax Porter?!" Dani und ich reden die ganze Zeit miteinander. *Wie konnte ich das nicht wissen?*

„Lange Geschichte. Es ist nicht so, wie es klingt", erklärt Dani hastig. „Ich erkläre es euch, wenn ich euch sehe..."

„Das muss ja eine tolle Erklärung sein", meint Brielle und schüttelt ungläubig den Kopf.

Resa lacht und verdreht die Augen. „Wow! Es ist so viel passiert. Ich kann es kaum erwarten, euch zu sehen. Es ist schon viel zu lange her."

Daisy nickt und erinnert uns daran, wie wir damals bis spät in die Nacht in Dreiergesprächen die Texte von Soul Obsession analysiert haben.

Brielle schmunzelt: „Und davon geträumt haben, in ihren Betten zu sein."

„Und darüber zu debattieren, wer das süßeste Band-mitglied war?" erinnere ich sie. „Ich war da immer auf Jamesons Seite!"

„Auf keinen Fall", widerspricht Resa. „Das war eindeutig River. Diese verträumte Stimme, diese verträumten Augen..."

Wir diskutieren immer noch alle darüber, wer unser Favorit ist. Es ist verdammt schwer, sich zwischen den beiden zu entscheiden!

„Ihr seid unglaublich!" Shelby lacht. „Ich sehe, manche Dinge ändern sich nie. Könnten wir uns bitte einen Moment konzentrieren? Ihr dürft eins nicht vergessen: Ich bin der Tourmanagerin der Band, nicht Babysitterin."

Zuhörend wickle ich eine widerspenstige Locke um meinen Finger. „Und ich hatte auf Gute-Nacht-Geschichten gehofft, Shelby!"

Daisy winkt mit der Hand: „Shelby, wir freuen uns, dass du uns VIP-Zugang zur Tour verschafft hast. Backstage-Pässe, ist das toll!"

Shelby strahlt. „Logo! Für meine Schwester und ihre liebsten Freundinnen tue ich alles. Ich weiß, wie viel euch das bedeutet, aber versucht, euch beim Treffen mit den Jungs nicht völlig zu blamieren, okay?"

„Heißt das, ich darf mitkommen?" fragt Ireland aufgeregt. „Heiliger Strohsack! Du bist die beste Schwester aller Zeiten, Shelby!"

„Das könnte alles zu viel sein und ich könnte in Ohnmacht fallen, so wie Daisy damals", schildert Resa grinsend.

„Ooooh nein, das erwähnen wir nicht noch einmal!" Daisy lacht: „Mir war nur ein bisschen schwindelig, das ist alles. Der Veranstaltungsort war an diesem Abend sauheiß."

„Klar, Daisy, das hatte nichts damit zu tun, dass Jameson dir in der ersten Reihe ein Ständchen gebracht hat", scherze ich. „Deine Knie wurden ohne jeden Grund schwach."

Daisy tut so, als ob sie beleidigt wäre. „Chastity! Warum musst du mich immer damit aufziehen?"

„Weil deine Reaktionen unbezahlbar sind, Liebes. Ich kann mir nicht helfen", sage ich und versuche, ein Lächeln zu unterdrücken, was mir nicht so ganz gelingt.

Resa lacht, als sie erzählt, wie sich Daisy während der Powerballade von Soul Obsession schluchzend an sie geklammert hat.

„Ich dachte, wir wären Freundinnen." Daisy blickt aufreizend zu ihr: „Na gut, aber wenn ich bei „Heartstrings" heulen sollte, dann gibt es diesmal keine Sticheleien."

„Oh, ich werde dich sicher nicht ärgern. Ich verspreche es", sagt Ireland und hat dabei wohl Mitleid mit ihr.

„Oh, Daisy, wir haben wasserfeste Wimperntusche und eine Schachtel Taschentücher nur für dich", verspricht Resa.

„Das wird eine tolle Gelegenheit für uns, uns wieder persönlich zu treffen. Ich habe euch vermisst", sage ich.

Daisy nickt. „Diese Tour wird so fantastisch werden. Fangirls wie in den guten alten Zeiten!"

„Ich kann es kaum erwarten, euch alle zu sehen. Und die Band, natürlich. Glaubt ihr, sie haben es noch drauf?" fragt Resa.

Ich zwinkere. „Vielleicht haben sie ihre Röhrenjeans gegen ein Bäuchlein eingetauscht. Ruhm hat manchmal seine Schattenseiten..."

„Hey, ich hätte auch nichts gegen ein klein bisschen Dad-Bod!" lacht Daisy.

„Ich weiß nicht, Jax sieht genauso aus, nur ... besser." Dani seufzt. „Er ist gealtert wie eine wunderbare Flasche Wein."

Brielle fächelt sich selbst Luft zu, als sie erzählt, dass sie Asher kürzlich in einem Interview gesehen hat, in dem er heißer aussah als je zuvor.

„River hat kein Bäuchlein", sagt Ireland verträumt. „Glaubt ihr, ich kann ihn dazu überreden, mir ein Interview zu geben? Mein Journalismus-Prof würde ausflippen!"

Shelby spitzt nachdenklich ihre Lippen. „Vielleicht. Wir werden sehen."

Dann schwelgen wir in Erinnerungen an ihre Lieder, die für uns alle kostbare Erinnerungen beherbergen.

„Der Soundtrack unserer Teenagerjahre, nicht wahr?", frage ich. frage ich und erinnere mich an die guten Zeiten zurück. „Ich habe immer noch alle ihre

Alben und höre sie mir manchmal an, wenn ich einen Nostalgietrip brauche."

„Ihre Balladen machen uns alle feucht" Daisy seufzt.

„Glaubt ihr, dass sie auch neue Musik dabeihaben werden?" fragt Dani hoffnungsvoll.

„Das wäre toll", sage ich und frage mich dabei schon, wie ihre Musik so gealtert ist. „Die Konzerte werden auf jeden Fall toll, aber wisst ihr, worauf ich mich am meisten freue, meine Lieben?"

„Zu sehen, wie Daisy wieder ohnmächtig wird?" stöhnt Brielle.

„Nein, ich will nur die Zeit mit euch Mädels genießen", verspreche ich und bin ein bisschen gerührt bei dem Gedanken daran.

„Oh, Chastity, du alte Heulsuse!" stichelt Resa. „Dem kann ich aber nur zustimmen. Unsere kleine Fangirl-Truppe wird superviel Spaß haben!"

Daisy lächelt. „Ja, die Tour ist wie die Streusel, aber unsere Freundschaft ist die Kirsche auf dem Sahnehäubchen."

„Es ist, als wären wir wieder fünfzehn, aber mit einem besseren Sinn für Mode." kichere ich.

„Und ein bisschen mehr Geld", fügt Dani hinzu.

„Und wir müssen keine gefälschten Ausweise benutzen", ergänzt Brielle.

Shelby grinst. „Irgendjemand muss euch Unruhestifterinnen ja im Zaum halten."

„In welches Bandmitglied bist du denn heimlich verknallt, Shelb?" fragt Resa neugierig.

„Ich bin nur zum Arbeiten da, vielen Dank", wiegelt Shelby ganz sachlich ab.

Daisy gackert: „Das war aber kein ,Nein'!"

„Ich habe das Gefühl, dass da etwas anderes im Spiel sein könnte", bemerkt Dani trällernd.

„Meine Spiderman-Sinne kribbeln. Ich bin mir ziemlich sicher, dass es hier eine pikante Vorgeschichte gibt", sagt Brielle mit einem wissenden Lächeln auf den Lippen.

Shelby rollt mit den Augen: „Ich bin von hoffnungslosen Romantikerinnen umgeben!"

Ireland grinst. „Auf unser Treffen, auf neue Abenteuer und auf Soul Obsession!"

Wir verabschieden uns nun alle und ich beende das Gespräch.

In meinem Bauch kribbelt es, als Shelby mir den Tourplan auf mein Handy schickt. Na, wie stehen die Chancen? Die Tour beginnt in ein paar Wochen, in Denver. Twin Pines ist nur sechs Autostunden von dort entfernt und Shelby, die Magierin, hat Karten für die vier Nächte, an denen Soul Obsession in der Stadt sein wird, besorgt.

Heiliger Strohsack! Kann ich mir die Zeit überhaupt freinehmen? Ich liebe die Arbeit mit den Kindern, aber ich könnte echt eine Pause gebrauchen. Einfach mal die Seele baumeln lassen und mich treiben lassen... Ich nehme mir ja nie frei und habe genug Urlaubstage angespart, um einen Monat frei zu nehmen. Also, wenn ich wollte... nicht dass ich meine Chefin Mandy so im Stich lassen würde. Ich brauche nur zehn Tage oder so - vier Nächte für die Konzerte und die Reisezeit.

Der Gedanke, aus der Stadt herauszukommen, ist echt verlockend. Ich habe in letzter Zeit nicht viel Ruhe gehabt! Hmmm... dieser Lilienstrauß, der heute Morgen vor meiner Tür stand, kommt mir plötzlich mitsamt einer Gänsehaut in den Sinn.

Nicht, dass ich keine Lilien mag, aber es ist doch beunruhigend, wenn ich nicht weiß, *von wem* sie sind.

Traurigkeit macht sich in meiner Brust breit. Früher war ich diejenige, die alle zusammengetrommelt hat, um auf irgendwelche Abenteuer zu gehen. Ich war die mit den ganzen Ideen! In letzter Zeit habe ich mich so sehr auf die Arbeit konzentriert, dass ich nicht gemerkt habe, wie mir ein Teil meiner selbst entglitten ist.

Scheiß drauf! Ich werde mitreisen! Die Mädels erwarten von mir, dass ich diese Chance mit beiden Händen ergreife. Ich werde mit Mandy auf Arbeit reden und sicherstellen, dass es auch machbar sein wird.

„Ich wüsste nicht, warum ich dir nicht freigeben könnte", sagt Mandy und steht hinter ihrem Schreibtisch auf. „Kate hat um zusätzliche Stunden gebeten, sie kann deine Sitzungen abdecken. Und wir haben ein paar Praktikanten, die auch Stunden sammeln müssen. Du hast es dir verdient, Chastity, also nimm dir frei!"

Ich folge Mandy zurück in den Pausenraum. „Bist du dir sicher? Ich weiß, es ist ziemlich plötzlich."

Sie winkt bloß ab und holt sich ihren Shake aus dem Kühlschrank. „Ich versuche schon seit Ewigkeiten, dich dazu zu zwingen, deinen Urlaub zu nehmen, und das freut mich jetzt umso mehr!"

Stöhnend lasse ich mich in den kleinen Sessel fallen. „Ich habe versucht, mein Leben einfach zu halten. So merkt man leichter, wenn etwas nicht stimmt."

Mandy setzt sich mir gegenüber. „So kann man kein erfülltes und glückliches Leben führen, Chastity. Du musst dich selbst leben lassen und Erfahrungen erleben."

„Ich weiß nicht, wann ich mich so sehr verändert habe." Das ist eine Lüge, denn tatsächlich weiß ich das genau. Vor zwei Jahren, als so ein komischer Kerl anfing, mich zu verfolgen.

Wenn ich mich an eine alltägliche Routine halte, kann ich erkennen, wann und wo Menschen fehl am Platz sind. Das gibt mir Sicherheit. Es hält mich aufmerksam. Ich betrete nicht einmal mein eigenes Haus ohne meine gut durchdachte Routine.

„Das ist schon ein paar Jahre her", sagt Mandy wissend. „Du schienst dich zu verlieren." Sie scheint mehr sagen zu wollen, aber sie beißt sich auf die Zunge.

Ihre Worte bewirken, dass es mir die Kehle zuschnürt.

„Vielleicht hilft mir diese Reise, mich selbst wiederzufinden", sage ich hoffnungsvoll. Und schüttle meinen hartnäckigen Stalker damit gedanklich ab.

Die Tür geht auf, doch ich gebe Mandy zu verstehen, dass sie sich darum nicht sorgen muss. Ich kann mich um die kümmern, die gerade reingekommen sind. Meine Schülerin Lacey und ihr Vater warten schon am Schreibtisch auf mich.

„Mark, Lacey, ich bin so froh, dass ihr beide hier seid. Ich weiß, dass du dich beim letzten Mal nicht so gut gefühlt hast." Ich schaue das blonde Mädchen an und lächle sanft. „Mark. Nett von dir, dass du deine Schwester heute mitgebracht hast."

Lacey ist zwölf, zehn Jahre jünger als Mark, ihr Stiefbruder. Keiner der beiden Väter ist am Leben, also hat ihre Mutter sie allein aufgezogen. Lacey hat das

Asperger-Syndrom und lebt die meiste Zeit in ihrer eigenen Welt.

„Mom ist in letzter Zeit sehr beschäftigt. Ich denke, ich sollte ein paar Aufgaben übernehmen." Mark zuckt mit den Schultern und lächelt selbstbewusst.

Ich lächle. „Was würde sie nur ohne dich machen, was? Bleibst du heute mit hier?"

Mark nickt und zwinkert seiner Schwester zu. „Ich würde gerne bleiben."

Ich führe sie in mein größeres Arbeitszimmer, in dem das Klavier steht. Lacey spricht gut auf Musik und Melodien an. Das scheint sie zu beruhigen und so hat sie fleißig an ihrem Klavierstück gearbeitet.

„In ein paar Wochen wirst du mit Kate arbeiten", erkläre ich, während Lacey sich auf dem Klavierhocker niederlässt. Ich will sie jetzt schon auf meine Vertretung vorbereiten, damit es keine Überraschung wird. Lacey braucht eben auch eine Routine und eine Vorwarnung, ehe sich etwas ändert oder sie ängstlich wird. Das ist einer der Gründe, warum ich mir nur selten eine Auszeit gönne. Das Wohlergehen meiner Kleinen ist mir wichtig und ich bringe ihre Routine nicht durcheinander, wenn ich nicht unbedingt muss. Aber ich brauche diese Pause. Außerdem liebt Lacey Kate, also weiß ich, dass ich sie guten Händen überlasse.

„Nimmst du dir endlich einen Tag frei?" fragt Mark lächelnd.

„Ich nehme mir ein paar Wochen frei. Ich habe noch jede Menge Urlaubstage übrig und fahre nach Denver, um mir Soul Obsession anzusehen."

„Ah, die Reunion-Tour!" Mark nickt. „Sollte gut werden. Die haben früher tolle Sachen gemacht. Man munkelt, dass sie für diese Tour neues Material geschrieben haben."

„Sag mir nicht, dass du auch ein Fan bist", stichle ich.

„Nee, das ist eher für Weiber!" Er wirft mir einen verlegenen Blick zu. „Nichts für ungut."

Ich lache. „Schon gut…" Dann richte ich meine Aufmerksamkeit auf Lacey. „Okay, Liebes. Lass uns dieses Meisterwerk anhören!"

Kapitel Zwei
Chastity

Um sicherzugehen, dass ich nichts ausgelassen habe, blicke ich mich nochmals in meiner Wohnung um, als Dani plötzlich anruft. Ich stecke das Telefon in meine Tasche und schließe schnell meine Ohrstöpsel an, bevor ich abnehme.

„Hast du gepackt? Ich bin so neidisch, dass du sie zuerst sehen kannst", sagt sie.

„Hey, dir auch einen schönen Gruß, Dani!", erwidere ich sarkastisch.

Dani lacht. „Tut mir leid. Ich freue mich einfach für dich!"

Ich kichere. „Ich weiß, Schatz. Ich bin ja auch aufgeregt. Ich bin in meiner Wohnung herumgelaufen wie eine Verrückte auf Kohlen. Ich denke ständig, dass ich etwas vergessen habe. Ich will nichts dem Zufall überlassen! Oh, und ich muss Miss Carter daran erinnern, meine Post abzuholen. Es ist nicht nötig, dass sie sich stapelt, während ich weg bin. Gib mir einen Moment, Dani", sage ich, schiebe mein Gepäck in den Flur und klopfe an Miss Carters Tür.

Meine ältere Nachbarin öffnet die Tür, als ob sie dort auf mich gewartet hätte. „Jaja, ich weiß. Die Post..." Ihre blauen Augen funkeln, ehe sie mich anlächelt und zwinkert. „Ich habe dir ein paar Snacks mitgebracht." Dann reicht mir eine riesige Stofftasche mit allerlei Leckereien. „Lass es dir schmecken. Es wird alles bestens sein, wenn du zurückkommst!"

„Danke, Miss Carter!" Ich küsse schnell ihre faltige Wange und lege ihre Tasche zu meinem Gepäck.

„Vielleicht kommst du ja mit ein paar pikanten Geschichten für mich zurück", sagt sie und tätschelt meine Hand.

„Ich bezweifle, dass es etwas Pikantes geben wird, aber ich kann mir immer noch etwas ausdenken", antworte ich grinsend.

„Oh, nur zu. Du siehst aus wie diese Filmstar-Sirenen aus den 60er Jahren!" Sie grinst. „Geh und gönn dir ein bisschen D!"

Miss Carter zwinkert mir neckisch zu und macht dann die Tür zu.

„Hat dir deine achtzigjährige Nachbarin gerade gesagt, du sollst dir etwas *S* holen?" fragt Dani schockiert.

„Äh, ja. Glaubst du, sie meinte Süßes?"

„Nein, ich glaube, sie meinte *Schwanz*", meint Dani und stellt das Offensichtliche fest. „Und das würde auch Zeit, wenn du mich fragst. Für wen hebst du dich denn auf?"

Chastity macht ihrem Namen eben alle Ehre. „Ich hebe mich für niemanden auf. Ich habe nur noch niemanden getroffen, dem ich alles geben wollte", erkläre ich und frage mich, wie das Thema auf mein fehlendes Liebesleben gekommen ist.

„Vielleicht ändert sich das auf dieser Reise", schlägt Dani vor.

„Das bezweifle ich", schmunzle ich, als ich den Knopf für den Aufzug drücke. „Das ist schließlich Soul

Obsession. Jede Menge kreischende Fans, vor allem weibliche..."

„Hey, die haben auch viele männliche Fans", wendet Dani ein.

„Die meisten sind schwul", erwidere ich und steige dabei in den Aufzug.

Dani seufzt. „Okay, Miss Pragmatisch. Wie wäre es, wenn du einmal das Risiko lebst und die Omatöter, die du Slip nennst, gegen einen sexy Spitzentanga tauschst?"

„Die halten meine Ausbeulungen in Schach", antworte ich, während der Aufzug runter in die Tiefgarage fährt.

„Ach! Du bist wunderschön, meine Süße und lass dir von niemandem etwas anderes einreden", sagt Dani treuherzig.

„Wie ist das Leben in Sin City?" frage ich und schlage das Kompliment schnell wieder in den Wind.

Dani gluckst. „Wo ich bin, gibt es keine Sünde."

„Sagt die Frau, die eine Ehe mit dem Bad Boy von Soul Obsession vortäuscht."

„Vorgetäuscht ist das Schlüsselwort", sagt Dani mit einem wehmütigen Seufzer.

„Vielleicht wird auch für dich etwas passieren", sage ich ermutigend. „Du hast etwas Glück verdient!"

„Du auch, Süße. Auf dass wir beide den Mann unserer Träume finden."

Lachend wiegle ich ab: „Du bist viel näher an deinem dran als ich. Im wahrsten Sinne des Wortes". Dann öffne ich den Kofferraum meines Autos und verstaue mein Gepäck, bevor ich hinter das Lenkrad steige. „Ich fahre jetzt gleich los. Ich rufe dich an, wenn ich im Hotel bin."

Dani gibt ein weiteres aufgeregtes Quieken von sich: „Ich wünsche dir einen wilden, lustigen Urlaub mit unserer liebsten Lieblingsband aller Zeiten. Du wirst mit ihnen abhängen!"

„Warte mal... Ich dachte, ich schaue mir nur die Shows an. Shelby hat nie etwas davon gesagt, dass ich Zeit mit ihnen verbringe!" Sofort macht sich meine Angst wieder bemerkbar. Mit ihnen abzuhängen war nie auf meinem Schirm. *Habe ich genug Unterhosen zur Bauchkontrolle eingepackt?*

„Shelby ist die Tourmanagerin. Natürlich wirst du die Band hautnah erleben." Dani lacht jetzt über mich: „Was dachtest du denn? Nur am Rande stehen oder ganz hinten?"

„Ich weiß nicht, was ich gedacht habe, aber jeden Abend in der Nähe der Band zu sein, sicher nicht. Das ist... ähm... aber echt cool." Meine Beklemmung lässt nun wieder nach, aber ich weiß, dass sie wiederkommt, sobald Shelby mir fünf superheiße, testosterongeladene Sänger vorstellt...

„Ruf mich an, wenn du da bist. Und grüß Shelby von mir."

„Mach ich!"

Dann beende ich das Telefonat und starte den Motor. Aus den Lautsprechern dröhnt bereits Soul Obsession. *Oh, ja! Irgendetwas sagt mir, dass dies ein echtes Abenteuer werden wird...*

Auf halber Strecke halte ich an einer Tankstelle an. Ich steige aus dem Auto und strecke mich, bevor ich tanke und zum Bezahlen gehe.

Als ich zu meinem Auto zurückkehre, stellen sich mir die Nackenhaare auf. Verdammt! Ich bekomme gerade wieder *dieses* Gefühl. *Jemand beobachtet mich!* Jemand hat seine Blicke auf mich gerichtet und ich weiß nicht, wo er ist.

Ich schaue mich um, aber ich sehe niemanden, der verdächtig ist. Kein offensichtlicher Freak mit einem Stalker-Stempel auf der Stirn - nur ganz normale Leute, die ihrer Arbeit nachgehen.

Ich atme zittrig aus und verfluche meine überaktive Fantasie. *Ich bin doch drei Stunden von zu Hause entfernt, um Himmels willen! Ich bin mir ziemlich sicher, dass derjenige, der mir unerwünschte Geschenke und unheimliche Nachrichten hinterlässt, mir nicht bis hierher folgen würde?!*

Dann denke ich an den Zettel zurück, den ich heute Morgen gefunden habe.

Du sahst gestern in dem grünen Kleid umwerfend aus. Am liebsten würde ich es dir vom Leib reißen, ehe ich dich durchficke, bis du schreist.

Mir läuft es eiskalt den Rücken herunter. Gott, ich hoffe bloß, dass keine Notizen hinterlassen werden, während ich weg bin. Ich will ja nicht, dass Miss Carter von meinem kleinen Problem erfährt...

Ein Hupen lässt mich plötzlich zusammenzucken. Plötzlich merke ich, dass ich mitten auf der Tankstelle stehe und einem anderen Auto den Weg zur Zapfsäule versperre. Ich hebe meine Hand entschuldigend und eile zu meinem Auto zurück.

Dann versuche ich, meine Atmung zu kontrollieren, während ich den Motor starte und mich wieder auf den Weg mache. Als ich in den Rückspiegel schaue, sehe ich niemanden, der mir folgt und so entspanne ich mich ein wenig. Ich drehe die Musik wieder auf und lasse die sanften Harmonien von „Girl, You Shine" meine angespannten Nerven besänftigen.

Wie üppig meine Hotelsuite ausfällt, hatte ich mir ja nicht vorstellen können! Der Rezeptionist sagte etwas von einer Verwechslung und dass ich ein Upgrade bekommen würde, aber *damit* hatte ich nicht gerechnet.

Ich lasse meine Taschen fallen und hole mein Handy heraus, um Dani zu schreiben.

„Hey, Chastity. Was gibt's? Bist du schon da?" antwortet Dani mit einem feisten Grinsen im Gesicht.

„Äh, ja! Ich bin gerade in meinem Zimmer angekommen, ein echt großes und luxuriöses Zimmer nur für mich", schildere ich und zeige mit der Kamera die Suite.

„Heilige Scheiße, du hast ein Upgrade bekommen", ruft Dani. „Das ist einer der Vorteile, wenn man ein Ehrengast ist."

„Ich fühle mich wie eine Prinzessin", sage ich und gehe um das riesige Bett herum, bis in das riesige Badezimmer. „Das Bad sieht aus wie aus einem Luxusmagazin und es gibt sogar ein Wohnzimmer mit dem größten Fernseher, den ich je gesehen habe."

„Genieße es, Babe! Das ist eine einmalige Gelegenheit für uns alle."

„Du hast Recht", antworte ich und drehe die Kamera wieder zu mir. „Ich werde jedes Detail aufsaugen!"

„Hast du das Kleid eingepackt, das du kaufen solltest? Das grüne, das deine Augen hervorhebt und dich wie Jessica Rabbit aussehen lässt?"

Ich nicke. „Ja, aber ich brauche vielleicht einen Drink oder zehn, bevor ich den Mut habe, es anzuziehen."

„Blödsinn! Zieh es jetzt an, damit ich es sehen kann!"

„Jetzt? Aber ich bin doch gerade erst gekommen und..."

„Kein Aber! Zeig mir, wie du es trägst", befiehlt Dani starrköpfig.

Ich seufze geschlagen, denn ich weiß ja, dass sie nicht locker lassen wird. „Okay, sei nachsichtig..."

„Ich kann warten", sagt Dani, lässt sich auf das Sofa sinken und verschränkt die Arme.

Also stelle ich das Telefon auf ein Kissen auf dem Bett und hole schnell meinen Koffer von der Tür. Ich ziehe das Kleid aus dem Kleidersack und gehe ins Bad, um mich umzuziehen.

„Ich kann auf keinen Fall etwas tragen, das so hoch geschlitzt ist", murmele ich und ziehe noch immer den Stoff über meinen entblößten Oberschenkel, während ich ins Schlafzimmer zurückkehre.

„Heilige Scheiße, du siehst umwerfend aus", staunt Dani, als ich mich vor dem Telefon drehe und wende.

„Wirklich?" frage ich zweifelnd. „Ich hätte nie gedacht, dass ich so etwas tragen könnte."

„Süße, du trägst es nicht nur irgendwie, es steht dir perfekt", sagt Dani und beugt sich vor. „Öffne dein Haar!"

Und so ziehe ich meine Haare aus der Spange, so dass meine kupferfarbenen Locken kaskadenartig bis zu meiner Taille herabfallen. Dann richte ich meine Halskette perfekt aus und blicke auf mein Spiegelbild im Schlafzimmer. Die Frau, die mich da anschaut, sieht ganz anders aus als die pragmatische Betreuerin, die ich sonst immer bin.

„Du siehst umwerfend aus, Chastity", lobt Dani sanft. „Ich weiß, du hast immer versucht, selbstbewusst mit deinen Kurven umzugehen, aber ich durchschaue dich. All die Hänseleien und Beleidigungen in der Highschool sind nicht leicht zu vergessen, und ich bin verdammt stolz auf dich."

Ich hätte wissen müssen, dass Dani meine Fassade durchschauen würde. Ich lernte damals, die bösen Kommentare abzutun und so zu tun, als wäre es mir egal. Meine Mitschülerinnen und Mitschüler nahmen sogar meinen Namen und mein Aussehen auseinander und nannten mich unter anderem „Chas-*titty*".

„Danke, Dani", murmle ich, dankbar für die Unterstützung meiner Freundin.

„Deine Nachbarin hatte Recht. Du siehst aus wie eine Schauspielerin von der guten alten Leinwand. Mae West, leck mich doch!"

Schnell zerzause ich mein Haar und setze einen Schmollmund auf. „Komm mich doch mal besuchen", säusle ich aufreizend.

„Das ist mein Mädchen! Genau so, Schwester!" Dani lacht und klatscht in die Hände. „Du wirst sie bei der After-Show-Party umhauen."

„Warte bitte. Was?! Es gibt ein After-Show-Meeting?"

Dani stößt einen langgezogenen Seufzer aus. „Hast du keine der Infos gelesen, die Shelby geschickt hat?"

„Ich dachte, ich hätte sie gelesen. Aber ich war so damit beschäftigt, mich auf die Reise vorzubereiten, dass ich vielleicht ein paar Kleinigkeiten übersehen habe." gebe ich verlegen zu.

„Okay, nun, flipp nicht aus. Viel Spaß beim Kennen-lernen der Band! Sieh dir die Show an, tanz dir den Arsch ab, meide die Sicherheitsleute. Du hast zwar einen Passierschein, aber sie können trotzdem nervig sein." erklärt sie gestikulierend.

Mein Herz hämmert wie wild drauflos. „Ich werde *sie* also treffen?!" quieke ich, bis ich mich räuspere. „Genau. Zuschauen, tanzen und die Sicherheitsleute auf Abstand halten!"

„Perfekt! Du hast alles im Kopf!" Dani lächelt. „Und vor allem: Hab Spaß! Alle Augen werden heute Abend auf dich gerichtet sein."

„Ich will nicht, dass alle Augen auf mich gerichtet sind! Das ist eine Menge Druck. Vielleicht sollte ich ein anderes Outfit wählen." Ich beginne, in meiner Tasche zu kramen...

„Du brauchst kein anderes Outfit. Du siehst perfekt aus. Du verdienst ein bisschen Aufmerksamkeit. Du bist es wert!"

Was würde Dani wohl sagen, wenn sie von der uner-wünschten Aufmerksamkeit wüsste, die ich in den letzten zwei Jahren von dieser unbekannten Quelle so erhalten habe?

Ich verdränge den beunruhigenden Gedanken aber wieder aus meinem Kopf. Dani hat doch Recht - das hier ist die Reise meines Lebens und ich werde jede Sekunde davon genießen!

Kapitel Drei
Xander

Denver, Colorado

Ich weiß nicht, was mich dazu gebracht hat, diesen Job anzunehmen. Nein, streichen wir das! Ich weiß genau, warum ich diesen Job angenommen habe - mein Chef hat es mir befohlen! Ryder Thorne, CEO von Thorne Operations hat als ehemaliger Elite- soldat seine eigene Sicherheitsfirma in Colorado gegründet, lebt aber jetzt mit seiner Frau Charity in Vermont.

Ich war in einer beschissenen Lage, als ich mich an Ryder wandte, um einen Job zu bekommen. Ich war jahrelang in der Strafverfolgung tätig gewesen und hatte es bis zum Detective gebracht, als ich wegen eines Schusses in die Schulter nur noch Schreibtischarbeit machen konnte. Ryder und ich kennen uns schon lange, und als mir klar wurde, dass kein Ende der Papierkriegshölle in Sicht war, gab ich meine Dienstmarke ab und bat ihn um einen Job. Der Rest ist, wie man so schön sagt, Geschichte.

In den letzten acht Jahren habe ich als Bodyguard für Politiker, Filmstars und Diplomaten gearbeitet. Und jetzt leite ich das Sicherheitsteam, das für die Sicherheit von Soul Obsession verantwortlich ist, dieser herzensbrechenden Boyband, die sich nach zehn Jahren wiedervereinigt hat.

Ja, genau. Zwölf Monate lang hatten die Fans ihre Slips und sich selbst auf die fünf Bandmitglieder geworfen, die alle irgendwie Single geblieben sind.

Nach ihrer Europatournee haben die Jungs gerade ihr erstes von vielen US-Konzerten in meiner Heimatstadt Denver beendet, und es war ein Riesenerfolg. Jedes Bandmitglied hat einen eigenen Bodyguard, der mir unterstellt ist. Heute Abend lief alles reibungslos - wenn man von der nackten achtzigjährigen Frau absieht, die im Tourbus darauf wartete, Jax zu verführen. Weiß der Teufel, wie sie da reingekommen ist. Oh, und das Arschloch, das hinter die Bühne kam und ein Autogramm von Hendrix haben wollte. Das Arschloch hatte Glück, dass er sein Ding unversehrt ließ.

Soul Obsession, das sind: Mason, Jameson, River, Jax und Asher, alle beim Info-Meeting nach der Show, und immer noch so aufgeregt wie nach ihrem ersten Gig, auch nach zehn Jahren Pause. Die Jungs sind jetzt alle in den Dreißigern und es ist nicht das wilde, ausschweifende Groupieleben, das ich erwartet hatte, was mir ganz recht ist. Keine Groupie-Partys, bei denen sie Hotelzimmer verwüsten, Koks schnupfen und Orgien feiern. Nur etwas Alkohol, ein Buffet mit Essen und ein halbes Dutzend Gäste, von denen eine die dralle Rothaarige ist, die mir sofort ins Auge fällt, als sie mit Shelby, der Tourmanagerin, den Raum betritt.

Sechs Jahre sind zu lang, um ohne Frau auszukommen. Oder sind es doch schon sieben? Vielleicht ist mein Schwanz deshalb gerade so hart wie ein Stahlrohr, während ich die rothaarige, grünäugige Verführerin mit dem samtweichen Körper beobachte, an dem sich ein Mann tagelang verlieren könnte. Oder auch Wochen.

Ich bin jetzt fast sechsunddreißig und hatte keine öffentliche Erektion mehr, seit ich ein geiler Teenager war. Ich habe Jahre damit verbracht, meinem Körper Schwächen abzutrainieren, aber hier bin ich meinem eigensinnigen Schwanz ausgeliefert. Eine sofortige, heftige Reaktion auf *Chastity Harper*, die offenbar gerade Vanillezucker von ihren Fingern leckt.

Ja, ich kenne ihren Namen bereits! Ich kenne jeden in diesem Raum, weil das mein Job ist. Chastity steht für die nächsten vier Abende auf der Gästeliste, während Soul Obsession in Denver ist - ein Vorteil, wenn man Shelby kennt.

Aber, verdammt, die Frau ist eine verdammte Vision. Obwohl ich mir selbst befohlen habe, meine Augen auf den Veranstaltungsraum im Hotel zu richten, wird mein Blick immer wieder, wie von einem unsichtbaren Strahl zu ihr zurückgezogen und verweilt auf ihrem herzförmigen Gesicht.

Sie ist die Art von Frau, zu der ich mich schon immer hingezogen gefühlt habe - nicht, dass ich ihr nachgegeben hätte, ehe meine Verlobte mich verlassen hatte, als ich angeschossen wurde. Karla war schneller aus der Tür als die Kugel, die mich traf, als die Ärzte mir sagten, dass ich meinen Arm vielleicht nicht wieder voll benutzen kann. Ich schätze, sie wollte wohl keinen potenziellen Invaliden heiraten.

Aber ich habe sie alle eines Besseren belehrt. Ich habe mir den Arsch aufgerissen, um meine verletzten Muskeln und zertrümmerten Knochen wieder zu stärken und beweglich zu machen, und bin stärker als zuvor zurückgekommen. Das reichte aber nicht aus, um mich vom Schreibtischdienst als Polizist zu befreien, und da kam Ryder ins Spiel. Gott sei Dank hatte er Vertrauen in mich. Ich bin kein Schreibtischtäter. Ich brauche das Ventil einer körperlichen Arbeit, zumal ich mich seit Karlas Verrat anderen, intimeren Ventilen verwehrt habe.

Ich dachte, sie wäre die Richtige, auch, dass ich der Richtige für sie wäre. Später erfuhr ich, dass sie mich während unserer zweijährigen Verlobung mit drei anderen Männern betrogen hatte. Also schwor ich mir, mein Herz niemals einer anderen Frau zu schenken.

Aber etwas sagt mir, dass Chastity nicht irgendeine Frau ist. Ihre unschuldige Verführungskraft ist ein so starker Kontrast zu Karlas aalglatter Schönheit.

Chastity hat mehr Kurven als gerade Linien. Üppig... Sie hat die Art von Körper, der meine harten Kanten perfekt umhüllen würde, wenn ich in ihr versinke. Sie ist in ein smaragdgrünes Kleid gehüllt, das genial zu ihren Augen passt und im Kontrast zu ihrer glatten, blassen Haut und den kupferfarbenen Locken steht, die unter dem Kronleuchter in der Mitte des Raumes aufleuchten.

Ihr Finger verschwindet in ihrem Mund, während sie das letzte bisschen Zuckerguss von der Spitze saugt.

Diszipliniert schlucke ich ein gequältes Stöhnen herunter, beiße mir auf die Innenseite meiner Wange und zupfe unauffällig an der Vorderseite meiner Anzugjacke, um sicherzustellen, dass sie meinen prallen Schwanz bedeckt.

Sieben verdammte Jahre.

Und Chastity Harper durchbricht die Mauern meines selbst auferlegten Zölibats mit einem einzigen Lecken ihres zierlichen Fingers.

Wie wäre es, ihr das Hexenkleid vom Leib zu reißen und mich an ihrem sündigen Körper zu laben? Dralle Kurven, faszinierende Grübchen, seidenweiche Haut. Das Gewicht ihrer warmen Schenkel, die die Stärke meiner Schulter testen, wenn sie auf meinem Mund kommt. Das

Gefühl ihrer engen, feuchten Pussy, während ich ins Paradies gleite...

Chastity blickt sich schuldbewusst um, bevor sie sich bückt, um einen weiteren Cupcake vom Buffet zu stibitzen und mir einen Blick auf ihr großzügiges Dekolleté zu gewähren. Mein Gott, diese Titten würden sogar einen Priester in Versuchung führen. Ein Rinnsal Schweiß rinnt von meinem Nacken in meinen Hemdkragen, besonders als ich mir den Duft und den Geschmack ihrer sündigen Titten vorstelle.

Ihre Augenlider flattern scheinbar quer durch den Raum, während sie in das weiche Biskuit beißt und weiten sich urplötzlich, als sich unsere Blicke treffen. Ein Blitz der Lust durchzuckt unerwartet meine komplette Leistengegend, ehe ich in diese smaragdgrünen Tiefen falle. Tief in meinem animalischen Inneren knurrt es: *Mein.*

Irgendwann lenke ich meinen Blick ab und setze mich in Bewegung. Ich schlendere lässig durch den Raum und halte Ausschau nach potenziellen Bedrohungen, während ich mich über die Kommunikation mit dem Rest des Teams abstimme.

Als ich zum Buffet zurückkehre, sehe ich, wie Chastity über den Saum ihres Kleides stolpert. Sie stößt ein ziemlich undamenhaftes Quieken aus und kippt dann nach hinten. Ehe ich mich versehe, bin ich in Bewegung und fange sie auf, bevor sie auf dem Boden aufschlägt.

Atemlos blickt sie zu mir auf und hält sich mit ihren Händen an den Aufschlägen meines Sakkos fest. „Danke..."

Ihre Stimme hat einen seltsam heiseren Klang, der das Beben in meiner Leiste nicht unbedingt lindert. Mein Blick wandert zu ihrer Brust, wo ihr Kleid verrutscht ist und eine verlockende, cremefarbene Titte kurz davor steht, sich zu lösen.

Der Drang, meinen Kopf zu senken und in diese saftige Kugel zu beißen, wird fast schon überwältigend. Ich schlucke, schlucke abermals und lasse dann meinen Blick wieder zu ihren großen grünen Augen schweifen.

Schließlich räuspere ich mich und deute auf ihre Brust, fest entschlossen, meinen Blick auch weiterhin auf ihre Augen zu richten. „Ihr Kleid..."

„Scheiße", flüstert sie, zerrt daran und bedeckt schnell die saftigen Verlockungen.

Als sie wieder auf den Beinen ist, lasse ich sie los und versuche, meine pralle Erregung zu ignorieren, die hinter meiner Anzughose zuckt und drückt.

Ich stelle mich vor sie und schirme sie von den anderen im Raum ab, während sie ihr Kleid zurechtrückt und ihre Fassung wiedergewinnt.

„Sitzt alles?" frage ich nach und schaue an die Decke.

„Ja. Danke", sagt sie leise vor Verlegenheit. „Normalerweise bin ich nicht so tollpatschig, aber ich trage auch sonst keine zehn Zentimeter hohen Absätze und formelle Kleider."

„Was tragen Sie denn normalerweise?", höre ich mich fragen.

Falls sie denkt, dass das eine seltsame Frage ist, zeigt sie es nicht. „Hosen, Pullover, Sneakers. Etwas Bequemes und weniger Aufreizendes." Sie zupft nun wieder an dem Schlitz ihres Kleides, der bis zur Hüfte reicht und einen Teil ihrer blassen Oberschenkel enthüllt.

Die Tatsache, dass sie sich in dem verführerischen Kleid nicht wohlfühlt, macht sie nur noch attraktiver. Ich will, dass sie nackt auf meinem Bett liegt und ihr zartes Fleisch nur für meine Augen sichtbar wird, ehe ich jede Vertiefung und jede Wölbung mit meinem Mund genießen kann.

Herrje! Was zum Teufel ist denn los mit mir?

„... die Muffins probiert? Mein Appetit auf Süßes ist unersättlich", sagt Chastity.

Unersättlich. Wie mein unerwartetes, unstillbares Verlangen nach dieser Frau.

Meine Haut ist gereizt und irgendwie heiß. Das ist gefährlich! Diese Frau ist gefährlich... Ein Teil von mir weiß, dass sie leicht meinen Schutzwall durchbrechen und mich für sich einnehmen könnte.

Nein. Ich bin nicht mehr der Mann, der dachte, er verdiene eine Frau, ein Zuhause und Kinder. Meine Ex-Verlobte hat mich von diesen Träumen geheilt und mich gelehrt, dass Frauen manipulative Lügnerinnen sind.

Diese nicht, geistert es mir plötzlich leise durch den Kopf. Ich bin mir nicht sicher, woher ich das weiß, aber diese Frau hat keine einzige manipulative Faser in ihrem Körper. Das macht sie allerdings nur noch gefährlicher.

„Nochmals vielen Dank", sagt Chastity unbeholfen über mein langes Schweigen. Dann dreht sie sich um und geht weg.

„Woher kennen Sie Shelby?", frage ich und neige meinen Kopf in die Richtung der Tourmanagerin, die sich gerade mit Jameson unterhält.

„Oh, äh, sie ist die Schwester einer meiner besten Freundinnen, Ireland. Wir sind sozusagen hier zu acht. Wir haben uns alle als Teenagerinnen durch unsere Liebe zu Soul Obsession kennengelernt und wurden gute Freundinnen, gingen zusammen auf Konzerte und so weiter. Dann bekam Shelby diesen Gig und besorgte Backstage-Pässe für alle. Ich bekam ein paar Tage Urlaub, also bin ich hier." Sie zuckt mit den Schultern und errötet, als sie bemerkt, wie sie ausholt.

Verdammt, sie wird von Minute zu Minute süßer!

„Und Sie?", fragt sie und neigt ihren Kopf zur Seite, während sie mich begutachtet. „Kennen Sie die Band?"

„Ich bin für die Security zuständig und beaufsichtige das Team." erkläre ich und gestikuliere in Richtung meiner Männer, welche die Bandmitglieder diskret im Blick behalten.

Dann strecke ich meine Hand entgegen: „Bitte nicht so förmlich, ich bin Xander."

Sie nimmt sie sanft. „Schön, dich kennenzulernen, Xander. Ich bin...“

„Chastity. Ich weiß.“

Ihre Augen weiten sich. „Woher...“

„Es ist mein Job, jeden in diesem Raum zu kennen. Chastity Harper, vierundzwanzig Jahre alt, derzeit wohnhaft in Twin Pines. Eltern Justin und Tina, die jetzt in Omaha leben.“

Chastity blickt nun verängstigt drein. Und ist da ein Hauch von Angst in ihren smaragdgrünen Augen? Sie verbirgt etwas. Interessant... Vielleicht ist sie nicht so unschuldig, wie sie aussieht, obwohl mein Instinkt etwas anderes sagt.

„Keine Panik, Rotlöckchen“, sage ich und zupfe auflockernd an ihrer Strähne. „Ich überprüfe jeden, der mit der Band in Kontakt kommt.“

Sie holt tief Luft, ihr Blick ist misstrauisch. „So nennen mich meine Eltern. Das ist eine ziemlich gründliche Überprüfung für eine Kleinstadtbetreuerin.“

Mein Spitzname für sie ist ein Zufall, aber das sage ich ihr nicht. „Ich nehme meinen Job ernst.“ Dann neige ich meinen Kopf in Richtung der Bandmitglieder. „Sie vertrauen mir ihre Sicherheit an. Du musst dir keine Sorgen machen, es sei denn, du hast etwas zu verbergen, Rotlöckchen!"

Sie lacht nervös. „Hier gibt es keine Geheimnisse. Was du siehst, ist die Realität."

Und verdammt, wenn ich nicht jeden Zentimeter von dieser Realität haben will...

Ich neige meinen Kopf leicht. „Ich lasse dich dann mal mit deinen Törtchen in Ruhe."

Bevor sie antworten kann, drehe ich mich herum und bemerke, wie Jameson mir zuwinkt. Shelby stolziert mit einem Gesicht wie ein Donnerschlag davon und geht auf Chastity zu.

„Alles in Ordnung?" frage ich und frage mich, was das alles zu bedeuten hat.

Jameson ist der Eigenbrödler der Band. Er ist ziemlich verschlossen und gibt nicht viel von sich preis.

Er zuckt ein bisschen zu sorglos mit den Schultern. „Nur Shelby, die sich echauffiert hat." Er folgt meinem Blick zu Chastity, die sich angeregt mit Shelby unterhält. „Siehst du etwas, das dir gefällt?"

Er nimmt einen ordentlichen Schluck und grinst. „Hast du ihre Nummer bekommen?"

Ich werfe ihm einen kühlen Blick zu: „Falls du es noch nicht bemerkt hast, ich arbeite gerade. Ich passe auf eure Millionärsärsche auf."

Jameson gluckst. „Nicht tagsüber. Besorg dir ihre Nummer und führ sie zum Mittagessen aus."

„Gibst du mir jetzt Dating-Tipps? Außerdem brauche ich ihre Nummer nicht. Ich habe sie schon."

„Ah ja, so effizient wie eh und je." Jameson grinst. „Du lässt keinen Stein auf dem anderen, was? Deshalb bist du der Beste. Ryder Thorne führt ein strenges Regiment."

Ich nicke. „Das tut er. Nicht, dass ich glücklich war, als er mir sagte, dass ich auf eure Ärsche aufpassen muss. Schreiende Fans sind normalerweise nicht mein Ding."

Jameson legt die Hand auf sein Herz. „Du hast mich verletzt, Xander. Und ich dachte, du und ich hätten eine echte Verbindung."

„Arschloch." Ich schüttle lachend den Kopf.

„Jameson!"

Als Jax seinen Bandkollegen für ein Foto heranwinkt, drehe auch ich mich mit herum. Der Rest der Jungs hat sich um Shelby und Chastity versammelt, die aussieht, als würde sie gleich vor Glück platzen.

Ihre Blicke landen auf meinen und erneut spüre ich diese Intensität bis hinunter zu meinen Eiern.

Scheiße, ich stecke in echten Schwierigkeiten!

Drei Stunden später sind die Jungs alle sicher in ihren Zimmern untergebracht. Für diesen Teil der Tour übernachten sie im Hotel, aber an einigen Orten werden sie den Tourbus benutzen.

Auf dem Weg zu meinem Zimmer schiebe ich die Schlüsselkarte in den Schlitz, das Schloss öffnet sich mit einem leisen Klacken. Ich ziehe nun meine Sachen aus und gehe unter die Dusche. Die ganze Nacht über konnte ich mich nicht von Chastity abwenden. Ihre verlockenden Brüste, ihre prallen Oberschenkel und dann diese grünen Augen. Ich brauche etwas Erleichterung, aber meine Hand muss reichen... Wie immer.

Ich schließe die Augen, unter der heißen Gischt stehend, und stelle mir vor, wie mein kleines Rotlöckchen nackt vor mir steht. Sie lässt ihre Hände über meine Brust und meinen Bauch gleiten und dann kann ich beinahe spüren, wie es ihre weiche Hand ist, die meine massive Erektion ergreift, statt meiner schwieligen Handfläche.

Ich erinnere mich dabei an ihre heisere Stimme: „Wie fühlt sich das an, Xander?"

„So verdammt gut!" Meine tiefe, raubtierhafte Stimme hallt in der leeren Duschkabine wider.

Während ich mir vorstelle, wie mein Rotlöckchen auf die Knie fällt und mich mit diesen leuchtenden, grünen Augen ansieht, massiere ich ihn immer härter. Sie öffnet ihren Mund und nimmt mich zwischen ihre perfekten Lippen. Die Vorstellung von Rotlöckchens warmem Mund, der ihn tief einsaugt, lässt mich immer härter werden, bis ich mit der anderen Hand meine Eier massiere.

Als mein Höhepunkt meinen dicken Schaft hochkocht und den heißen Samen in das aufgewühlte Wasser zu meinen Füßen spritzt, kann ich die Spannung in meinen Eiern fühlen. Ich stütze mich nun mit einer Hand an der gefliesten Wand ab und fange an durchzuatmen.

Wenn es das ist, was mein kleines Rotlöckchen in meinen Fantasien mit mir macht, dann wird mich die Realität sicher umhauen...

In meinen Träumen geht es um Chastity, ich nehme sie auf jede erdenkliche Art und Weise und gebe es ihr umso intensiver. Sobald ich dann aufwache, bin ich schmerzhaft hart. Mein Gott, das ist doch lächerlich! Es ist, als wäre mein Körper nach sieben Jahren Abstinenz wieder zum Leben erwacht und sie ist die Einzige, die meine Lust stillen kann.

Und natürlich sitzt Chastity mit Shelby an einem Tisch, als ich zum Frühstück runterkomme. Denn es ist nicht genug, dass ich sie jede verdammte Sekunde der letzten Nacht noch immer in meinem Kopf habe. Sie schenkt mir ein kleines, schüchternes Lächeln, bevor sie sich wieder ihrem Gespräch mit Shelby widmet.

„Gut geschlafen, Xander?" Eine große Hand legt sich plötzlich auf meine Schulter, ich drehe mich um, um... Jameson zu sehen. Der Idiot grinst mich an wie ein Kleinkind, das seine Eltern bei etwas erwischt, das sie nicht tun sollen.

„Nein. Die Matratze war wie ein Brett", meckere ich mit einem finsteren Blick und mache mich auf den Weg zum Frühstücksbuffet.

„Ach, arme kleine Prinzessin", krächzt er und kneift mich in die Wange.

Ich schlage seine Hand weg. „Gott, bist du nervig."

Jameson ignoriert meine schlechte Laune. „Wir haben noch ein paar Stunden Probe, und dann hast du bis heute Abend Zeit für dich."

„Wir werden sehen. Ich will vor dem Konzert heute Abend noch einmal den Veranstaltungsort checken", sage ich und staple meinen Teller mit Rührei und Speck voll.

Jameson füllt seinen Teller indes und folgt mir zu einem leeren Tisch. „So ein Überlebensmodus ist kein gesunder Zustand, Xander." Jamesons Blick folgt dem meinen zu Chastity und Shelby ein paar Tische weiter. „Du kannst deine Schutzschilde doch mal absenken und ab und zu Zeit mit einer schönen Frau genießen."

Irgendetwas sagt mir, dass er nicht mehr von mir spricht, da sich sein Blick auf Shelby fokussiert.

Mein Blick gleitet hingegen zu Chastity. Sie ist heute leger gekleidet, trägt Jeans und einen Pullover und hat ihr Haar hochgesteckt. Selbst in dieser Kleidung ist sie wunderschön! Ich möchte diese kupferfarbenen Löckchen am liebsten befreien und mit meinen Fingern durch die seidigen Strähnen streichen. Ich will, dass ihre grünen Augen mich anstarren, während ich in ihre enge Wärme hineingleite.

„Geh mit ihr aus. Geh mit ihr nach den Proben zum Mittagessen oder so. Du kannst das Mittagessen genießen und trotzdem deinen Job machen." Jamesons Stimme durchbricht den Schleier der Lust, der mich bereits zu verschlingen droht.

Er klopft mir dann noch auf den Rücken, als Jax mit einem Kaffeebecher zu uns stößt.

Dann schaue ich wieder zu ihr hinüber. Rotlöckchens Blicke treffen meine und ziehen mich zurück in meine Fantasie. Ich kenne diese Frau erst seit ein paar Stunden, aber sie spricht einen Teil von mir an, von dem ich dachte, er sei tot. Ich wäre ein verdammter Idiot, wenn ich das nicht weiterverfolgen würde.

Was auch immer zwischen uns ist, es ist stark und darf nicht ignoriert werden!

Kapitel Vier
Chastity

Ich drehe und wende mich vor dem Spiegel im Hotelbad und werfe immer wieder einen kritischen Blick auf mein Outfit. Das lavendelfarbene Kleid betont meine Kurven, und die Jeansjacke versteckt meinen Bauch. Die Pumps mit den niedrigen Absätzen machen den Look komplett.

„Ein Date?" quäkt Dani vom Telefon, mit dem wir auf FaceTime sind. „Weniger als ein Tag, und du hast ein Date? Wer ist er? Wie sieht er aus? Wie ist es dazu gekommen?"

Ja! Xander hat mich zum Mittagessen eingeladen. Der dunkelhaarige, braungebrannte Gott zog mich beiseite, als Shelby und ich den Frühstücksraum verließen und lud mich einfach zum Mittagessen ein.

Er ist... *umwerfend.* Ein bisschen verklemmt, aber wen kümmert das schon, wenn er vierundzwanzig Karat Sünde in eine muskulöse Schleife verpackt mit sich herum trägt?

Ich fühlte mich sofort zu ihm hingezogen. Etwas in seinen Augen sprach von vernarbten Verletzungen. Ich wollte den Schmerz, den ich in seinen dunkelbraunen Augen sah, nur noch lindern. Und dann war da noch die Art, wie mein Körper reagierte, als er mich berührte. So etwas habe ich noch nie erlebt. Mein Innerstes erzitterte und meine Brustwarzen kribbelten.

Ich stöhne schon auf, wenn ich mich bloß daran erinnere, wie meine Brüste fast rausgesprungen sind. Ich schwöre bei Gott, meine Babies führen ein Eigenleben. Aber wenn ich mich nicht täusche, gefiel ihm, was er sah. In seinen Augen loderte es, besonders als sie über mich wanderten, und ich? Ich wollte mich kopfüber in die Flammen stürzen.

Aber warum auch nicht? Warum sollte ich mir auf dieser Reise nicht ein wenig Vergnügen gönnen? So eine Gelegenheit werde ich nie wieder bekommen.

Ich lächle über Danis Enthusiasmus. „Sein Name ist Xander und er ist für die Sicherheit zuständig. Er hat mich davor bewahrt, mit dem Gesicht auf dem Boden zu landen, als ich gestern Abend bei der After-Show-Party über meine eigenen Füße gestolpert bin. Und, ähm, ich habe dabei vielleicht ein bisschen zu viel Brust gezeigt."

Dani rollt mit den Augen. „Natürlich hast du das. Du konntest diese fantastischen Brüste noch nie unter Kontrolle halten. Also, erzähl mir von ihm."

„Groß, dunkel und... grüblerisch. Schöne braune Augen, in denen ich mich verlieren könnte. Er sieht irgendwie südländisch aus." Ich zucke mit den Schultern. „Vielleicht ist er griechischer oder spanischer Abstammung. Und habe ich schon seine Muskeln erwähnt? Ich bin mir ziemlich sicher, dass er mich hochheben und gegen die Wand nageln könnte, ohne ins Schwitzen zu kommen."

Dani grinst. „Hatten wir letzte Nacht ein paar schmutzige Träume, was?"

Ich erröte unter dem scharfen Blick meiner Freundin. „Ich habe keine schmutzigen Träume."

„Aha. Ich sehe aber die Farbe auf deinen Wangen und das freche Glitzern in deinen Augen. Wohin geht er mit dir?"

„Er sagte, irgendwohin, wo es ungezwungen und entspannt ist."

Dani lächelt. „Klingt, als hätte er dich schon ganz gut im Griff."

Mein Herz stottert, als es an der Tür klopft. „Er ist da! Ich muss los."

„Schnapp ihn dir, Tigerlady!" fordert sie mit den Krallen in der Luft.

Ich lache. „Mach das nie wieder!"

Sie zwinkert mir nochmal zu: „Ruf mich später an und erzähl mir all die schmutzigen Details des Dates."

„Mach ich!" Ich beende den Anruf, atme tief durch und öffne die Tür.

Xander sieht zum Anbeißen aus, in seiner Jeans, die seine kräftigen Oberschenkel umspannt, einem Hemd, das über seine breite Brust reicht und einer lässigen Jacke darüber.

„Du siehst toll aus", sagt er, während sein Blick über mich wandert.

Ist es eigentlich möglich, von einem einzigen Blick Feuer zu fangen?

„Du auch", quieke ich und löse meine Zunge von meinem Mundwinkel.

„Bereit, etwas zu essen zu erhaschen?"

„Ich bin immer bereit für gutes Essen", sage ich enthusiastisch und zucke dann zusammen. Oh Gott, ich bin so schlecht in so etwas...

Xanders tiefes Kichern lässt mir aber direkt wieder warm werden. „Ich mag Frauen, die einen gesunden Appetit haben."

„Dann bin ich genau die Richtige für dich", verkünde ich fröhlich, während ich die Zimmertür schließe. „Wie du siehst", füge ich hinzu und klopfe mir auf den Bauch.

So ein Mist. Warum habe ich das getan? Jetzt starrt er auf meine Wampe!

Aber die Abscheu, die ich erwartet hatte, bleibt aus. Vielmehr streift sein Blick über mich, als würde er mich am liebsten verschlingen wollen.

Ach du Scheiße! Er mag also dralle Mädchen?

Unsere Blicke treffen sich. „Was hältst du von Pizza?"

„Genauso wie ich über die Kohlenhydrate denke, eine wahre Liebesgeschichte." Ich lächle und schaue auf den Boden, als wir zum Aufzug gehen, denn ich will keine Wiederholung der letzten Nacht erleben. *Nein, vergiss das!* Ich hätte ja gar nichts dagegen, wieder in seine starken Arme zu fallen.

Die Spannung zwischen uns ist bereits gigantisch, als wir mit dem Aufzug in die Tiefgarage fahren. Xander ist kein großer Redner, und so ertappe ich mich dabei, wie ich plappere, um die Stille zu füllen.

Xanders Hand findet aber die meine - und ich zucke zusammen. „Du bist nervös. Das brauchst du nicht. Ich beiße nicht. Es sei denn, du bittest nett darum..."

Mein Lachen ist leicht hysterisch. *Herrgott, Chastity, reiß dich zusammen!*

Doch er hält meine Hand fest, während er mich zur Beifahrerseite seines Fahrzeugs führt. „Das sind wir."

Ich blinzle ihn an. „Wir?"

„Naja, am Auto", erklärt er mir. Ich hatte nicht vor, das Auto der Band zu benutzen, um dich zum

Mittagessen zu fahren. Wir wollen nicht, dass uns die Paparazzi verfolgen."

Ich nicke ihm zu. „Macht Sinn."

Xander öffnet meine Tür und hilft mir beim Einsteigen, bevor er auf die Fahrerseite geht. Wir verbleiben aber nur kurz im Auto, bevor er vor einer kleinen Pizzeria einparkt.

Der gemütliche Pizzaduft umgibt uns, als wir uns in der Nische am Fenster niederlassen. Xanders Augen scheinen meine nie wirklich lange zu verlassen und schaffen eine seltsam magnetische Verbindung, die mir einen Schauer über den Rücken jagt. Die Spannung zwischen uns ist greifbar, aber da ist auch eine Mischung aus Aufregung und Unsicherheit.

Der Kellner kommt und Xander bestellt selbstbewusst eine große Pizza mit verschiedenen Belägen. Als der Kellner weggeht, wendet er seine Aufmerksamkeit wieder mir zu, seine Blicke sind dabei intensiv. „Also, Soul Obsession, ja?"

Ich grinse. „Mach dich nicht lustig. Traurig, ich weiß, aber sie waren mein ein und alles in meinen frühen Teenagerjahren. Wir waren am Boden zerstört, als sie sich auflösten."

„Wir?"

„Ireland, Dani, Brielle, Daisy, Luna, Resa und ich", erläutere ich mit ausgestreckten Fingern. „Oh, und Shelby, natürlich. Sie ist Irelands Schwester und die Tourmanagerin. Das weißt du natürlich schon."

„Ihr steht euch also alle nahe?" fragt Xander und sieht dabei aufrichtig interessiert aus.

„Ja. Wir haben uns durch unsere Liebe zur Band kennengelernt, aber irgendwann wurde daraus eine Freundschaft. Bei den Konzerten hatten wir immer eine tolle Zeit zusammen. Dann, als die Zeit verging und die Band sich auflöste, gingen wir alle getrennte Wege. Wir reden oft miteinander, aber ich vermisste meine Mädels." Schulterzuckend schlucke ich diese Einsamkeit hinunter.

„Solche Freundschaften sind schwer zu finden. Was machst du also, wenn du nicht gerade im Wirbelwind einer Soul Obsession-Tour gefangen bist?"

„Du meinst, du weißt es nicht?" frage ich unschuldig. „Ich dachte, du weißt alles über mich."

„Nur die notwendigen Details. Nicht die, äh, guten Sachen. Du faszinierst mich, Rotlöckchen. Ich will wissen, wie du tickst." Er hebt seine Hand zu meinem Gesicht und lässt dann zärtlich seine Fingerknöchel über meine Wange gleiten.

Diese ganz einfache Liebkosung wandert meine Wirbelsäule hinunter und lässt es zwischen meinen Schenkeln augenblicklich feucht werden. Dankbar nehme ich also einen kühlenden Schluck Wasser. „Ich bin Betreuerin für Kinder mit besonderem Förderbedarf. Es ist eine andere Welt als das Chaos auf Konzerten und Veranstaltungen, aber ich liebe es, meine Kids mit der richtigen Hilfe aufblühen zu sehen."

„*Deine* Kids?" frotzelt Xander.

Ich lache. „Ich weiß. Ich betrachte sie in gewisser Weise als meine. Einige von ihnen haben keinen guten Start ins Leben gehabt. Ich hoffe, dass das, was ich tue, ihnen ein wenig hilft."

„Ich bin sicher, dass es ihnen viel bedeutet." Xander lehnt sich zurück, sein Blick wirkt nun nachdenklich. Shakespeare sagte einmal: „Die Augen sind das Fenster zur Seele", und deine Augen leuchten, wenn du davon sprichst, anderen zu helfen.

Ich werde rot. „Es ist nicht völlig uneigennützig. Ich habe ja auch etwas davon. Es ist befriedigend zu sehen, wie sie kleine Erfolge erzielen. Ich liebe es, Teil ihrer Entwicklung zu sein und ihnen dabei zu helfen, eine eigene Stimme zu finden."

Xanders Blick wird weicher: „Man muss schon ein besonderer Mensch sein, um diese Art von Arbeit zu machen."

„Danke", antworte ich, während sich die Wärme immer mehr in mir ausbreitet. „Und was ist mit dir? Wie bist du zu deinem Beruf gekommen?"

Seine Mimik verfinstert sich und sein Lachen wirkt schnell gestelzt. „Glaub mir, das willst du nicht wissen."

„Du irrst dich. Ich will alles über dich wissen", stoße ich hervor und spreche das schneller aus, als mein Gehirn es verarbeiten konnte.

Eine Seite seines Mundes verzieht sich zu einem Lächeln. „Das beruht auf Gegenseitigkeit."

Die glühende Hitze in seinen Augen lässt mich fast innerlich verbrennen. Ich räuspere mich: „Also, lass mich raten. Du warst ein... Schlangenmelker?"

Xander wirft den Kopf zurück und lacht mit einem tiefen Grummeln, das direkt in meiner Klitoris vibriert. Das Wippen seines Adamsapfels und das Anspannen seiner Halsmuskeln ziehen mich in ihren Bann. *Verdammt! Sowas von heiß!* Wie kann ich ihn dazu bringen, das noch einmal zu tun? Irgendetwas sagt mir, dass er nicht oft lacht.

Amüsiert fragt er schließlich: „Was zum Teufel ist ein Schlangenmelker?" Dann hält er seine Hand hoch. „Warte, sag es mir nicht. Ich kann es mir denken! Aber nein, ich kann mit Bestimmtheit sagen, dass ich noch nie eine Schlange gemolken habe!"

„Hmm!" Ich tippe auf mein Kinn und mustere ihn nachdenklich. „Professioneller Kuschler?"

Das entlockt ihm ein weiteres Lachen, bei dem meine Klitoris vibriert. Ich könnte so glatt spontan zum Orgasmus kommen, noch bevor dieses Date zu Ende ist.

„Tut mir leid, dich zu enttäuschen, aber nein. Ich war Polizist."

Meine Augen werden groß. „Oh. Da gab es wohl nicht viel Grund zum Schlangenmelken oder Kuscheln."

„Kein Melken, aber viele Schlangen", deutet er düster an.

„Warte, du hast gesagt, du warst Polizist?" frage ich, in der Hoffnung, dass er mir mehr erzählen wird.

„Ein Informant hatte mich reingelegt. Er gab meinem Partner und mir einen Tipp über einen Drogendeal, aber sie warteten schon auf uns. Ich habe eine Kugel in die Schulter bekommen", sagt er und rollt leicht mit der linken Schulter, als ob er sich an den Schmerz erinnern würde.

„Oh, Scheiße! Das tut mir leid. Und dein Partner?"

„Alles gut. Er hatte keinen einzigen Kratzer, als die Verstärkung eintraf. Ich muss ohnmächtig geworden sein, denn als ich aufwachte, war ich im Krankenhaus. Meine Verlobte war schon dort. Als die Ärzte mir sagten, dass ich meinen Arm vielleicht nicht wieder benutzen kann, wartete Karla nur fünf Minuten, bevor sie mir sagte, dass sie nicht mit einem Invaliden zusammen sein kann und mich für einen ihrer Liebhaber verlässt."

Mir bleibt der Mund offen stehen. „Ihr wart verlobt? Sie hat dich betrogen?"

Xanders Lachen wird nun bitterlich. „Mit *drei* anderen Typen."

„Lieber Gott. Und sie hat dich einfach so verlassen, nachdem du angeschossen wurdest?" frage ich entrüstet. „War sie dumm? Blind? Klinisch unzurechnungsfähig?"

Dieses Mal ist sein Lachen echt. „Du siehst so wütend auf mich aus, Rotlöckchen. Deshalb bist du so anders. Du sorgst dich aufrichtig."

„Hast du sie geliebt?" Ich zwinge die Frage über meine Lippen, ohne zu wissen, ob ich die Antwort hören will. Xander gehört nicht zu mir, aber ich kann den Anflug von Eifersucht bei dem Gedanken nicht unterdrücken, dass er mit einer anderen zusammen ist.

Xander runzelt die Stirn. „Ich dachte, ich hätte es getan, sonst hätte ich sie nicht gefragt, ob sie mich heiraten will. Aber rückblickend? Nein. Nenn mich sentimental, aber ich wollte ein Zuhause mit Frau und Kindern. Ich will das, was meine Eltern haben. Sie sind seit fast vierzig Jahren zusammen." Xander schüttelt reumütig den Kopf. „Ich kann nicht glauben, dass ich dir das alles erzählt habe. Es fällt mir nicht leicht, mich zu öffnen, aber mit dir..." Er schüttelt wieder den Kopf, als ob er nach einer Antwort sucht?

„Es tut mir leid, dass deine Ex so kurzsichtig war, dass sie nicht zu schätzen, was sie hatte. Und ich bin froh, dass du ihr das Gegenteil bewiesen hast." Ich zeige auf seine Schulter, die anscheinend ohne bleibende Schäden am Arm verheilt ist. „Du verdienst jemand viel besseren."

„Das wird mir langsam klar", sagt er leise, ehe er seine Finger mit meinen verschränkt.

Ich lecke mir derweil über die trockenen Lippen. „Wie bist du vom Polizisten zum Sicherheitsdienst für eine Boyband gekommen?"

„Als ich zur Arbeit zurückkehrte, wurde ich auf unbestimmte Zeit zum Schreibtischdienst verdonnert. Ich bin nicht dafür gemacht, hinter einem Schreibtisch zu sitzen, also habe ich mich an einen alten Schulfreund gewandt. Ihm gehört die Firma Ryder Operations hier in Denver. Er vermittelte mir einen Job. Das war vor sieben Jahren."

„Von Drogenrazzien zum Schutz der Leichen im Keller der Reichen und Berühmten." witzle ich.

„Mir fällt noch jemand ein, den ich gerne beschützen würde."

Ich verfalle seinem Blick... und falle darin immer weiter ins Nichts. Diese Verbindung ist verrückt. Und gefährlich. Einfach wunderschön.

Als unsere Pizza kommt, erwachen wir aus diesem Tagtraum. Mir läuft das Wasser im Mund zusammen, als ich das Meisterwerk aus Teig, geschmolzenem Käse und leckerem Belag betrachte!

Xander bittet mich, das erste Stück zu nehmen und sieht zu, wie ich einen Bissen nehme. „Wie lautet das Urteil?"

Genussvoll stöhnend schließe ich die Augen, während die schmelzende Köstlichkeit auf meinen Geschmacksnerven explodiert. „Gott, soooo gut!"

Xanders Augen leuchten auf. „Wenn du weiter so stöhnst, nehmen wir die Pizza zum Mitnehmen."

Ich verschlucke mich fast, greife nach meinem Glas Wasser und nehme einen Schluck. „Warum ich?" frage ich keuchend.

Er runzelt die Stirn und hält mit seinem Pizzastück auf halbem Weg zu seinem Mund inne. „Was meinst du?"

„Warum hast du *mich* zum Mittagessen eingeladen? Auf dem Konzert gestern Abend gab es Hunderte von schönen Frauen, die du hättest auswählen können."

Xanders Augen verengen sich. „Und du glaubst nicht, dass du eine von ihnen bist?"

Mein Lachen ist hohl. „Ich schäme mich nicht dafür, wie ich aussehe. Vielleicht bin ich manchmal ein wenig verlegen, aber ich habe gelernt, mich so zu akzeptieren, wie ich bin. Ich bin übergewichtig. Das war ich schon immer und werde ich wahrscheinlich auch immer sein. Die meisten Männer schauen bei dralleren Frauen nicht zweimal hin."

„Ich bin nicht wie die meisten Männer", sagt Xander und sein Kiefer zuckt dabei irgendwie.

Seine Worte hallen nach, vor allem die Verletzlichkeit in seinem Blick überrascht mich. Unter seiner großen, harten Schale verbirgt sich ein weicher Kern, den er sicher nicht vielen Menschen zeigt.

Er lässt seine Pizza auf den Teller sinken und sieht mich mit einem intensiven Blick an. „Es ist mir scheißegal, was andere Männer attraktiv finden. Ich interessiere mich nicht für gesellschaftliche Normen oder Erwartungen. Ich sehe dich, die Person, die du bist, und mir gefällt, was ich sehe. Und zwar verdammt gut."

„Oh", hauche ich, mehr als nur ein bisschen erregt von seinen Worten. Ich senke meinen Blick auf meinen Teller. „Unsere Welten sind so unterschiedlich."

Xander fasst mein Kinn und neigt meinen Kopf nach hinten. Sein Daumen streicht über mein Kinn. „Die Welten mögen unterschiedlich sein, aber Menschen sind Menschen. Ich habe die Nase voll von oberflächlichen Beziehungen. Seit Karla weg ist, war ich mit niemandem mehr zusammen."

„Aber... das ist sieben Jahre her", murmle ich schockiert.

„Ich wollte nicht wieder einer Frau gegenüber verletzlich sein. Aber du, Rotlöckchen..." Sein Blick wandert über mein Gesicht, als würde er sich jede Faser einzeln einprägen. „du faszinierst mich!"

Ich begegne seinem Blick mit einer Mischung aus Unglauben und Neugierde. „Warum?" frage ich erneut, meine Stimme ist kaum zu hören.

Er lehnt sich zurück und mustert mich einen Moment lang, bevor er spricht. „Du bist echt. Du spielst dich nicht auf und gibst nicht vor, jemand zu sein, der du nicht bist. Du bist stark, weil du dich wohlfühlst, wie du bist. Du hast eine Art, die Welt zu betrachten, die erfrischend ist."

Aufrichtig muss ich lächeln. „Wow. Ich weiß deine Ehrlichkeit zu schätzen."

„Das Leben ist zu kurz für weniger als Ehrlichkeit, meinst du nicht?"

Ich nicke. „Ja, finde ich auch!"

Während wir unsere Mahlzeit beenden, unterhalten wir uns weiter angeregt. Mit jedem Stück Pizza, das verschwindet, scheint sich unsere Verbindung zu vertiefen.

Als ich mich mit vollem Magen in meinem Stuhl zurücklehne, läuft mir ein Schauer über den Rücken und die Haare im Nacken stellen sich auf. Da ist wieder dieses Gefühl. *Jemand beobachtet mich...*

Ich schaue über meine Schulter zu den anderen Gästen, aber niemand beachtet uns. Niemand scheint uns gar zu bedrohen.

Meine Aufmerksamkeit wird durch das Fenster gelenkt, als ein Auto mit quietschenden Reifen vom

Bordstein wegfährt. Ich kann nicht sehen, wer es fährt.

„Alles in Ordnung?" fragt Xander erstaunt, meinem besorgten Blick folgend.

Ich überlege kurz, ob ich ihm von meinem „Verehrer" erzählen soll. Xander ist immerhin ein Ex-Polizist. Vielleicht kann er mir helfen, obwohl die Polizisten in meiner Gegend mir gesagt haben, dass sie nichts tun können, solange ich nicht körperlich verletzt werde. Diese Mentalität kommt mir vor, als würde man die Stalltür schließen, nachdem das Pferd weggelaufen ist, aber was weiß ich schon? Ich verwerfe den Gedanken schnell wieder, denn ich will unser Date nicht ruinieren.

„Alles gut. Ich dachte, ich hätte jemanden gesehen, den ich kenne", antworte ich und zwinge mich zu einem Lächeln.

Bevor er antworten kann, bringt der Kellner die Rechnung. Xander zahlt, ohne mich aus den Augen zu lassen. Als wir die Pizzeria verlassen und zurück zum Auto gehen, flirrt die Luft zwischen uns voller Energie. Die Fahrt zurück zum Hotel geht schnell und wird immer wieder von verstohlenen Blicken unterbrochen.

„Ich bringe dich auf dein Zimmer", sagt Xander, als wir aus dem Auto steigen und zum Aufzug gehen.

Dabei frage ich mich derweil, wohin unsere Verbindung führen könnte.

Ich brauche nicht lange zu überlegen. In dem Moment, in dem sich die Türen schließen, stürzt sich Xander auf mich, drückt mich mit dem Rücken gegen die Wand und presst seinen Mund auf meine Lippen.

Kapitel Fünf
Chastity

Mein Herz gerät aus dem Takt, jeder Schlag kollidiert mit dem anderen und prallt an meinen Rippen ab. Xanders Lippen sind heiß, voll und äußerst sinnlich. Er streift mit seiner Zunge über meine Lippen und streichelt sie, während seine Hand mein Kinn umschließt. Dann lasse ich den Atem frei, den ich angehalten hatte, er atmet tief ein und nimmt alles in sich auf. Das Vibrieren seines Stöhnens auf meinen Lippen verlangt nach mehr und ich öffne nur zu bereitwillig stöhnend meine Lippen.

Meine Unterwerfung scheint Xander in den Wahnsinn zu treiben. Ich finde mich an die Wand des Aufzugs gepresst, gefangen gehalten von einem Berg von Muskeln wieder. Er lässt seine Hände über meine Arme gleiten und hebt sie über meinen Kopf, während seine Zunge in seidenen Bahnen in meinen Mund wandert.

Ich versuche, meine Hände zu bewegen, will ihn wegstoßen, ihn dann näher zu mir ziehen, meine Finger durch die seidigen Strähnen in seinem Nacken führen. Ich will, dass er mich verschlingt, so wie es seine Augen vorhin getan haben. Mit seinen Händen, seinem Mund und seinen Zähnen. Mit seiner Zunge. Seine Gefangenschaft in meinen Händen wird zu einer einzigen köstlichen Frustration, während er meine Lippen verschlingt.

Sein Körper drängt sich gegen mich, groß, hart und stark. Seine Wirbelsäule krümmt sich und endet mit einem Stoß seiner Hüften gegen meinen Bauch. Sein Schwanz drückt durch unsere Kleidung hindurch und lässt lang und heiß auf mehr hoffen. Während meine Liebesmuskeln erwachen und sich verzweifelt um die Leere klammern, wird mein Slip immer feuchter.

Ich merke kaum, wie sich die Fahrstuhltüren öffnen und Xander mich loslässt. Zum Glück ist das Stockwerk leer, als Xander mir meine Schlüsselkarte aus den gefühllosen Fingern reißt und sie in den Halter schiebt. Die Tür entriegelt sich mit einem Klicken, das in der gewichtigen Stille seltsam laut zu sein scheint.

Xander umschließt mein Gesicht, seine Daumen kitzeln meine Mundwinkel, ehe er mein Gesicht zu sich heran neigt. „Wenn du das nicht willst, sag es mir jetzt. Denn wenn ich dich erst einmal durch diese Tür gebracht habe, werde ich nicht aufhören, bis du in meinem Mund gekommen bist und ich bis zu den Eiern in dir stecke."

Oh, Gott... Ich bin mir sicher, dass seine Worte als Warnung gemeint sind, aber mein lustbesessenes Gehirn hört nur... *ein Versprechen.*

Was zum Teufel tue ich da? Ich kenne diesen Mann seit weniger als vierundzwanzig Stunden. Ich mache doch keine One-Night-Stands. Oder am Tag... Was auch immer! Ich stehe auf keine schnellen Nummern.

Ich war mein ganzes Leben lang die vernünftige, zuverlässige Chastity. Der solide, verlässliche Fels, auf den sich jeder verlässt. Die Ruhe im Sturm. Aber im Moment möchte *ich* der Sturm sein. Nur für eine kurze Zeit.

Gott weiß warum, aber dieser Mann will mich. Möglicherweise braucht er mich sogar. Und ich will ihn. Für die nächsten drei Tage oder wie lange auch immer ich ihn haben kann.

Anstatt zu antworten, dränge ich Xander hinein und schließe die Tür hinter uns. Unsere Blicke treffen sich.

„Richtige Antwort, Rotlöckchen", knurrt er.

Dann tut er etwas, von dem ich dachte, dass kein Mann jemals dazu fähig wäre. Er hebt mich von den Füßen und trägt mich im Brautstil zum Bett.

„Heilige Scheiße, bist du stark", flüstere ich mit einem Hauch von Heldenverehrung, als er mich auf das Bett wirft.

All die Triebe, die ich unterdrückt hatte, kommen an die Oberfläche und ich freue mich, dass dieser dominante Mann über mir thront und mich für sich beansprucht. Er sieht mich an, als ob ich sein Ambrosia wäre. *So viel Verlangen kann er doch nicht vortäuschen?*

Ein leises Wimmern entweicht mir, als seine Augen über mich wandern, und das ist alles, was ich noch brauchte. Sein Gesicht verzieht sich, sein Ausdruck ist gefährlich und hemmungslos. Ich schnappe nach

Luft, als er sich auf meinen Mund stürzt und seine Finger in mein Haar taucht, bis seine vergehende Sanftheit von ungehemmter Lust abgelöst wird.

Xanders Hände verlassen mein Haar, gleiten an meinen Seiten hinunter und unter mich, um meinen Hintern zu umfassen. Er drückt zu und meine Beine öffnen sich und bilden eine Wiege der Lust für seine Hüften. Sofort schreie ich auf, als er gegen mich stößt. Seine Jeans und mein dünner Slip sind das Einzige, was uns nun noch voneinander trennt.

Ich schlinge meine Beine um seine Taille und schließe seine Erektion zwischen uns ein, während sie mit beharrlichem Verlangen gegen meine lüsterne Haut drückt. Über mir reißt er sich das Hemd über den Kopf und ich streiche mit meinen Händen anerkennend über seine breiten Schultern und die wogenden Muskeln seiner langen Arme.

„Du bist wunderschön", flüstere ich und hebe mich, um einen Kuss auf die Narbe an seiner linken Schulter zu drücken, wo die Kugel in sein Fleisch gerissen wurde. Das Wissen um die Schmerzen, die er ertragen musste, schnürt mir die Kehle zu, bis ich die Tränchen wegblinzeln muss.

Xander neigt meinen Kopf zu mir. „Hey, was ist los? Wir können aufhören...“

Ich lege meine Finger auf seine Lippen. „Nein. Ich habe mir nur den Schmerz vorgestellt, den du erlebt hast. Du musstest es ganz allein bewältigen.“

Er führt meine Hand zu seinem Mund und küsst meine Fingerknöchel. „Wo kommst du her, Chastity Harper? Du hast dich aus dem Nichts an mich herangeschlichen.“

Ich grinse. „Ich hätte nicht gedacht, dass du eine blinde Seite hast, wo du doch Sicherheitsexperte bist.“

„Das dachte ich auch nicht, aber du hast sie gefunden. Du hast meine Mauern durchbrochen, Rotlöckchen!“

Wieder schließe ich meine Beine um seine Taille und rutsche unter ihn. „Dann ist es nur fair, dass du auch meine durchbrichst.“

Seine Augen verdunkeln sich vor Lust. „Es wird mir das größte Vergnügen sein. Und deines...“

Ich erschaudere bei dem Versprechen in seinen Augen.

Xander zieht mich in eine sitzende Position und zieht mir schnell meine Jacke und mein Kleid aus, so dass ich nur noch den weißen Spitzen-BH und den Slip trage, den ich zum Glück als Ersatz für meine Liebestöter gekauft hatte.

Doch bald ist auch meine Unterwäsche verschwunden, denn Xander löst geschickt meinen BH und lässt mein Höschen von meinen Beinen gleiten. Ich schmiege mich an ihn, plötzlich schüchtern und nervös. Ich habe unterschätzt, wie es sein würde, nackt vor ihm zu sein - meine großen, schweren Brüste und all die Stellen, an denen ich rund und pummelig bin, voll zu präsentieren.

Ich versuche aber besser, alte Unsicherheiten nicht aufkommen zu lassen, aber was ist, wenn er mich abstoßend findet, nachdem er mich ohne Kleidung gesehen hat?

Xander will sich zurückziehen, aber ich klammere mich an ihn wie ein Affe und presse meinen Mund auf seine Lippen. Er erwidert meinen Kuss und dringt mit seiner Zunge tief in meinen Mund ein. Seine Hände wandern über mich, wo seine Augen nicht hinkommen, und kartieren anscheinenend jeden Zentimeter meines Körpers. Sie gleiten meine

Schultern hinunter und über meine Brust, bis er sich so weit wegdreht, dass er meine Brüste berührt.

Dann unterbreche ich den Kuss und starre wie gebannt, als er mit einem Stöhnen meine beiden Titties in die Hände nimmt.

„Davon habe ich seit gestern Abend geträumt. Ich habe mir unter der Dusche einen runtergeholt und mir vorgestellt, wie sie aus diesem Hexenkleid herausquellen."

Mir bleibt der Mund offen stehen. „Das hast du?"

Seine Daumen gleiten über meine Brustwarzen und lassen meine Pussy vor Lust erbeben.

„Oh ja", stöhnt er und wirft mir einen Blick voller heißer, erotischer Verheißung zu, der mich fast in einen totalen Hormonstau versetzt. „Diese Titten sind verdammt magisch!"

Magisch? Meine Titten?

Xander schubst mich zurück aufs Bett und eine Welle des Selbstbewusstseins überrollt mich gleich mit. Ich habe schon vor langer Zeit gelernt, mich so anzuziehen, dass ich meine Schwächen verberge. Ich habe gelernt, meinen Schmerz über die Sprüche in der Highschool zu verbergen.

Aber dieser Moment mit Xander ist ungefiltert und echt. Ich möchte mich für meine wackeligen Oberschenkel, meinen runden Bauch und meine klobigen Knie entschuldigen, aber ich finde keine Worte. Ich kämpfe gegen den Drang an, mich zusammenzurollen.

Es hilft auch nicht, dass Xander über mir thront und seinen Blick über jeden entblößten Zentimeter schweifen lässt, seine Gesichtszüge sind dabei wie aus Stein gemeißelt.

„Verdammt, du bist perfekt", haucht er und neigt seinen Kopf, um meinen Bauch anzuknabbern.

Ich lache nervös. „Niemand ist perfekt."

Seine Augen fixieren meine Blicke jetzt wieder: „Lass es mich anders ausdrücken. Du bist verdammt perfekt *für mich*."

Und nun suche ich in seinen Augen nach einem Zeichen der Täuschung, aber alles, was ich sehe, ist... *Verlangen. Nach mir.*

Er hat mir beim Mittagessen seine Schwächen anvertraut - *kann ich ihm auch meine anvertrauen?* Denn so verrückt es auch ist, ich bin bereits dabei, mich in diesen Mann zu verlieben. Stürmisch und schnell. Ich weiß, dass wir nicht für immer zusammen sein werden. Unsere gemeinsame Zeit ist begrenzt. Deshalb werde ich jede Berührung, jeden Kuss und jeden heißen Blick wie einen kostbaren Schatz aufbewahren. Warme, helle, wunderbare Erinnerungen, die mich in Zukunft daran erinnern, dass ich einmal von einem unglaublichen Mann begehrt wurde.

Entschlossen lasse ich meine Arme sinken und zeige ihm alles von mir.

„Mein Gott, Chastity. Du bist eine verdammte Göttin", sagt er heiser.

Und, verdammt, wenn ich mich bei ihm nicht wie eine fühle.

Ich stehe auf, schlinge meine Arme um seinen Hals und ziehe ihn zu einem Kuss herunter. Und dann ist er auf mir, drückt mich in die Matratze und küsst mich mit unbändiger Gier. Er berührt mich überall, erkundet meine Höhen und Tiefen mit eindringlichen Händen.

Meine Beine spreizen sich instinktiv, um Platz für seine Hüften zu machen. Mit einem gequälten Stöhnen stößt er gegen mich und seine Jeans ist das Einzige, was uns voneinander trennt. Das Gleiten seiner dicken Erektion macht mich ganz heiß, ehe er mit einem verruchten Hüftschwung gegen mein Liebeszentrum stößt.

Xander reißt seinen Mund von meinen Lippen los und starrt auf mich herab. Er ist wie ein hungriger Tiger, der sich über mich hockt und seine nächste Mahlzeit ausspäht.

Aber ich bin schon gefangen. *Und ich bin bereit, verschlungen zu werden...*

Kapitel Sechs
Xander

Diese Frau... Verdammt, diese Frau ist kostbar! *Warum hat noch niemand diesen grünäugigen Schatz voller sexy Kurven für sich beansprucht?*

Mein Körper ist jetzt wie ein einziger langer Strang des Verlangens, der sich überall nach ihrer Berührung sehnt.

„Gott", murmle ich mit angehaltenem Atem. „Du machst mich wahnsinnig."

Sie streicht mit ihrer Hand über meine Brust und meine Bauchmuskeln und schiebt einen Finger in den Bund meiner Jeans. Dann ziehe ich mich zurück und nehme ihre Finger.

„Ich muss dich erst schmecken, Rotlöckchen. Wenn du die Bestie zu früh freilässt, werde ich sie nicht davon abhalten können, in dich zu gleiten", verspreche ich mit einem neckischen Lächeln.

„Die Bestie?", schnauft sie, als ich mit meinen Lippen über ihren weichen Bauch fahre. „Das klingt... unheilvoll."

Ich kichere gegen ihre Oberschenkelinnenseite. „Mach dir keine Sorgen, Süße. Ich werde dafür sorgen, dass du bereit bist!"

Chastity wimmert, als ich meine Finger durch die kastanienbraunen Locken streiche, die ihre hübsche Muschi verdecken. Ich öffne ihre Lippen mit der Fingerspitze und gleite durch die Feuchtigkeit, die sich dort sammelt.

„Verdammt, bist du schon feucht für mich, Liebes?"

„Seit letzter Nacht", keucht sie. „Es tut so weh..."

„Armes kleines Rotlöckchen, mach dir keine Sorgen! Ich kümmere mich um diesen Schmerz."

Rotlöckchens Mund öffnet sich zu einem lautlosen Stöhnen, als ich mit meiner anderen Hand nach oben greife und in ihre Brustwarze kneife. Ihre Hüften heben sich vom Bett, während noch mehr ihrer süßen Säfte die Schamlippen befeuchten. Ich lege meine Hände auf ihre weißen Schenkel und spreize sie immer weiter auseinander, um diesen leuchtend rosafarbenen Lustspalt und ihren kecken Hintereingang zu enthüllen.

Chastitys Hände wollen ihren Intimbereich bedecken, aber ich schiebe sie einfach weg.

„Nein. Lass mich dich sehen", knurre ich und genieße ihren Anblick wie ein Mann, der seine letzte Mahlzeit betrachtet.

Ich senke meinen Kopf und atme ihren weiblichen Duft ein, bevor ich Rotlöckchen mit einem sündigen Lecken erforsche. Ich streiche dabei mit meinem Daumen über den Rand und beobachte fasziniert, wie ihre Pussy krampft und pulsiert und sich immer wieder zusammenzieht.

„Diese kleine Möse bettelt darum, ausgefüllt zu werden, nicht wahr, Rotlöckchen?"

„J...ja. Bitte", ächzt Rotlöckchen mit zurückgeworfenem Kopf, geröteten Wangen und Fingern, die sich in meine Schultern bohren.

Einfach wundervoll.

Also fahre ich mit meiner Zunge weiter am Paradies entlang, bevor ich ihr kleines Nervenbündel mit schnellen Bewegungen hin und her wahnsinnig mache. Jedes Mal, wenn ich es genau richtig erwische, keucht und zittert Rotlöckchen. Dann versenke ich meinen Finger in ihrem engen Loch und fluche, als sich ihre Muskeln an meinem dicken Finger festsaugen.

„Mein Gott, deine kleine Pussy wird meinen Schwanz erwürgen, Rotlöckchen!"

Chastity schaut an ihrem Körper hinunter zu mir, ihre Hüften wallen und zucken, während meine Zunge über sie rollt, tanzt und gleitet.

Ihre Augen weiten sich und ihr Zittern nimmt zu. „Xander!"

„Gib's mir, Rotlöckchen. Ich werde nicht aufhören, bis du mich anflehst!"

„Oh, Gott. Da... Genau da! Hör nicht auf!"

„Niemals!" Ich genieße es, wie sie sich windet und versenke einen weiteren Finger in ihrer feuchten Hitze.

Das war's... Chastity bricht in einem Wirrwarr aus unverständlichen Worten und leisen Schreien zusammen. Ich halte sie fest, lecke und sauge sie durch ihren Orgasmus hindurch, bis sie in die Matratze sinkt und ihre Brüste unter den schweren Atemzügen erbeben.

„Zu viel", bettelt sie, als ich ihren übersensibilisierten Kitzler ein letztes Mal lecke.

Ich wische mir den Mund ab und krabble ihren Körper hinauf, bis ich meine Wange auf ihren Bauch lege. Als ich meine Arme unter Rotlöckchen schiebe, um ihren Hintern zu streicheln, finde ich den perfekten Platz, um mich auszuruhen, während wir beide zu Atem kommen. Mein Herz klopft wie beim Beben ihrer Möse, die sich an meine Brust klammert.

„Verliere niemals diese weichen Kurven, Rotlöckchen", murmle ich mit meinen Stoppeln über ihrer weichen Haut.

Ihr Schlucken ist hörbar. „Das werde ich nicht."

Ich wandere nun den Rest ihres Körpers hinauf und küsse ihre geschwollenen Lippen heiß.

„Ich will dich", haucht Chastity gegen meinen Mund und greift zwischen uns, um meinen prallen

Schwanz durch meine Jeans hindurch zu streicheln.

Ein wildes Knurren hallt in meiner Brust wider, und jedes Gefühl der Kontrolle verschwindet in Windeseile. Ich verschlinge ihre Lippen in einem heftigen Kuss, während ich mit dem Reißverschluss meiner Jeans hadere. Chastity hilft mir und schiebt meine Boxershorts zusammen mit der Jeans nach unten.

„Ich bin clean, Rotlöckchen. Bitte sag mir, dass du die Pille nimmst..."

„Spirale", schnaubt sie. Ihre Augen weiten sich, als sie meinen Schwanz sieht. „Du hast nicht gelogen, dass er ein Biest ist", lobt sie und leckt sich nervös über die Lippen.

Ich kichere. „Keine Sorge, Rotlöckchen. Du kannst es mit ihm aufnehmen."

Chastity greift nach mir und lässt ihre Hand über meinen Rücken gleiten, um meine Arschbacke zu umfassen. „Beeil dich. Ich brauche dich in mir!"

„Fuck", stöhne ich, denn ihre Bitte verwandelt mich in eine wilde Kreatur der unbändigen Lust.

Ich schiebe Rotlöckchens Schenkel weit auseinander und presse meine Hüften zwischen sie. Dann halte ich inne, denn ich weiß, dass wir beide nicht mehr dieselben sein werden, wenn ich sie erst einmal erobert habe.

Chastity hebt ihren Kopf und beißt mir in die Schulter. „Bitte, Xander..."

Innerlich tobend schiebe ich meine Hüften vor, oder versuche es zumindest. Ihre Muskeln spannen sich fest an und machen es mir schwer, mehr als einen Zentimeter einzudringen. Ich weiche also kurz zurück und stoße erneut zu, diesmal härter, dann versinke ich tief in Rotlöckchens seidiger Hitze.

Chastity schreit auf, und ich halte plötzlich ganz still. Mein Herz bleibt stehen, dann pocht es wie wild.

Ich ziehe mich ein wenig zurück und schaue zwischen uns hin und her und sehe die Blutspur, die meinen Schwanz bedeckt.

Herrje!

„Du bist eine..." Ich kann es gar nicht aussprechen. *Sie war noch Jungfrau.*

Eine Träne rinnt aus ihrem Augenwinkel, da sie den Kopf schüttelt. „Nicht mehr." Ihre Nägel bohren sich tief in meinen Hintern. „Hör nicht auf. Bitte, hör nicht auf. Ich will das. Ich brauche es. Ich brauche dich!"

Ihr Geständnis wühlt mich auf. "Oh, ich werde nicht aufhören, Rotlöckchen. Ich werde niemals aufhören. Nicht einmal, wenn du mich anflehst!" Ich senke meinen Kopf und beiße in ihre Lippe, während ich meine Hüften nach vorne schiebe und ihren kleinen Schrei verschlucke, während ich in sie eindringe. „Weil du mir gehörst."

Rotlöckchen krallt ihre Finger in meinen unteren Rücken und fährt mit ihnen über die verkrampften Muskeln, bis auch sie immer bereitwilliger meinen Schwanz einfordert.

„Gott, ja", wimmert sie, als ich mich zurückziehe und wieder in sie stoße. „Xander!"

„Oh Gott", zische ich vor lauter Ekstase über ihren engen Lustspalt, der meinen Schwanz ausmelkt. „Fuck, Chastity!"

Dieser Akt mit Chastity hat etwas Einzigartiges und Unvergleichliches an sich. Ihre Sanftheit mildert meine Härte, nicht nur körperlich, sondern auch emotional. Ich habe nie an Gott oder den Himmel geglaubt, aber ich glaube langsam, dass ich beides zwischen ihren Schenkeln gefunden habe. Wenn sie das Papier ist, bin ich die Tinte, mit der ich mich dauerhaft ihrer Samthaut verschreibe - mitsamt Leib und Seele.

Ich stoße immer wieder hinein und bewege mit jeder Bewegung meiner Hüfte tiefer ins Paradies. Die Lust kribbelt in meinen Eiern und mein bevorstehender Orgasmus lässt die Nerven in meiner Wirbelsäule schon aufleuchten.

Chastity zittert unter mir, ihre Augen sind jetzt total glasig. Ich kann nur hoffen, dass sie ihre Erlösung gefunden hat, denn mein Gehirn erlebt einen Kurzschluss.

„Scheiße! Ich komme, Rotlöckchen. So verdammt hart", brumme ich und ergieße mich mit einem letzten Stoß in ihr.

Ihre grünen Augen fixieren mich voller Staunen, als sie mitansieht, wie ich alles entfessle. Dieser Blick lässt mich nur noch härter kommen, bis schwarze Flecken in meinem Blickfeld tanzen.

Irgendwann lasse ich mich auf Rotlöckchen fallen und atme durch, während sich ihr Körper bereits an mich schmiegt.

„D...das war so... Ich brauche deine Nähe", flüstert sie und kuschelt sich an mich.

Rotlöckchens Geständnis klingt so zart, während sie ihr Gesicht in meiner Halsbeuge hat. Ihr Atem trifft in kleinen Stößen auf meine Brust und etwas in meiner Herzgegend wird weicher und wärmer.

Endlose Minuten lang liegen wir so da und tauschen sanfte Berührungen und zärtliche Küsse aus. Bis sich meine Knochen wieder verfestigen und das Leben in meine Glieder zurückkehrt, dann steige ich vorsichtig aus dem Bett.

Schnell mache ich mich im Badezimmer sauber, nehme einen Waschlappen und lasse ihn unter dem warmen Wasserhahn laufen. Als ich ins Schlafzimmer zurückkehre, lege ich ihn auf Rotlöckchens gereizte Pussy und reinige sie vorsichtig und sanft.

Dann klettere ich sofort zurück ins Bett und lege Chastity über mich, so dass ihr köstliches Gewicht auf meiner Brust und meinen Hüften ruht. Sie protestiert schwach, aber ihre Beine zittern so stark, dass sie nachgibt und sich auf mir ausbreitet, bis ihre kupferfarbenen Locken über meine Schulter fallen.

Ich streiche mit meinen Fingern durch Rotlöckchens feurige Locken und massiere sanft ihre Kopfhaut. „Warum hast du es mir nicht gesagt?"

Sie weiß, worauf ich hinaus will! „Weil ich nicht wollte, dass du aufhörst. Und ich wollte dich zu sehr, um dieses Risiko einzugehen."

„Du traust mir ja viel zu. Ein Güterzug hätte mich nicht aufhalten können, Rotlöckchen. Aber du hättest es dir für jemand Besonderen aufheben sollen."

Rotlöckchen hebt den Kopf, ihre Augen glänzen vor Rührung. „Das habe ich."

Sie ergreift meine Hand und drückt einen Kuss auf jeden einzelnen Finger. Diese unschuldige Geste lässt mich fast dahinschmelzen.

Ich weiß jetzt schon, dass es verdammt lange dauern wird, bis ich mich an dieser Frau satt gesehen habe. Wenn überhaupt jemals, aber sie ist nur noch für drei Tage hier. Ich werde das nächste Jahr mit Soul

Obsession auf Tournee sein. *Was bedeutet das für uns? Gibt es überhaupt ein „uns"?*

Als ihr leises Schnarchen die Stille erfüllt schiebe ich lächelnd meine beunruhigenden Gedanken beiseite. Für den Moment jedenfalls.

Kapitel Sieben
Chastity

Nach dem Aufwachen vergeht ein Moment, bis ich mich wieder daran erinnere, wo ich bin, doch als die Erinnerungen zurückkehren fühle mich so leicht wie seit Jahren nicht mehr. Ich lächle.

Ich hatte halb damit gerechnet, allein aufzuwachen, aber ich bin an Xanders Körper gepresst, an seine Seite gerollt, mein Kopf ruht auf seiner Brust, ein Bein über dem seinen angewinkelt.

Dann blinzle ich zur Uhr auf dem Nachttisch. Fast 15 Uhr!

Ich lehne meinen Kopf zurück und sehe den Mann an, dem ich mich vorbehaltlos hingegeben habe. Ich bereue nichts. Null. Es war unglaublich! Er hat es mir unbeschreiblich gemacht.

Xander sieht so friedlich aus, während er schläft, sein Gesicht ist entspannt, die Falten um seine Augen sind geglättet. Gott, ist er gutaussehend! Und er ist ein guter Kerl. Er verbirgt seine Schwächen unter einem schroffen, effizienten Äußeren, aber ich hatte das Glück, einige dieser weicheren Qualitäten sehen zu dürfen. Und ich werde nicht lügen - ich liebe es, wie knurrig und besitzergreifend er im Bett ist. Ich bin zwar eine unabhängige Frau, aber ich liebe es, wenn er über schmutzige Dinge redet, wenn ich im Schlafzimmer dominiert werde.

Xander stöhnt leicht im Schlaf und dreht sich um. Mein Blick wandert seinen wunderschönen Körper hinunter, seine breite Brust und die Vertiefungen seiner Bauchmuskeln. Das Laken ist an seinen Hüften gebündelt und spannt sich über seinen Schwanz. Er ist erregt...

Ich beiße mir auf die Lippe. Bin ich mutig genug, ihn mit meinem Mund zu wecken? Na klar! Wie hart kann er schon sein? Sehr hart, wenn ich mir das Leinentuch ansehe, das er da unten dehnt.

Vorsichtig gleite ich an seinem Körper hinunter und fahre mit meinen Fingern über die Wellen seiner Bauchmuskeln.

Mit zitternden Fingern lasse ich das Laken herunter und streiche über seinen geschwollenen Schwanz, während mir vor Vorfreude ganz schwindelig wird. Er ist so dick, dass ich ihn nicht ganz umschließen kann. Aber er ist glühend heiß...

„Was hast du vor, Rotlöckchen?"

Auf Xanders Frage hin schaue ich auf. Ich lecke mir über die Lippen und schenke ihm mein bestes verführerisches Lächeln, das wahrscheinlich wie ein nervöser Tick rüberkommt. „Ich kümmere mich um dein nicht ganz so kleines Problem..."

Bevor er etwas erwidern kann, senke ich meinen Kopf und lecke über die feuchte Perle an seiner Eichel.

Er zuckt bei meiner Berührung zusammen. „Scheiße!"

Seine Augen brennen auf mich herab wie zwei glühende Kohlen und seine Haut spannt sich straff über seine Wangenknochen. Der Atem strömt aus seiner breiten Brust, als ob er einen Marathon gelaufen wäre. Seine Haut ist vor Erregung gerötet. Seine Augenlider stehen auf Halbmast.

Wow! Das habe ich mit einer einfachen Liebkosung geschafft? Also gut...

Ich senke meinen Blick wieder und lege meine Hand um ihn, wäge seinen Umfang und seine Länge ab. Er ist dick und verdammt lang. Die Haut pulsiert voller Adern, wie mit Samt überzogener Stahl.

Ein heiseres Stöhnen entweicht meiner Kehle, und mir läuft das Wasser im Mund zusammen. Mit einem tiefen Stöhnen packt seine raue Hand mein Haar. Als ich aufschaue, sehe ich, wie er seine Zähne fletscht, um seine Dominanz zu demonstrieren, aber seine Hand führt meinen Mund dennoch ganz sanft zu seinem Schwanz.

Zögernd schließe ich meine Lippen um seine Eichel. Seine Hüften zucken nach oben, wodurch sich die Muskeln, die zu seinem Schaft führen, in schöner Symmetrie anspannen und zusammenziehen.

Er schmeckt nach männlicher Sünde, meine Pussy bebt... Ich habe noch nie einen Blowjob gegeben und ich hätte nicht erwartet, dass es mich so erregt!

Ich schließe meine Augen und lasse mich von meinen Sinnen leiten.

Xanders Finger krümmen sich in meinen Haaren und er führt mich nach unten, so dass die Spitze seines Schwanzes an meinen Zähnen vorbeigleitet und meine Zunge sucht.

„Nimm ihn ganz, Rotlöckchen", befiehlt er mit rauer Stimme. „Bis ganz nach hinten in deinen Rachen."

Mein Brummen vibriert in seiner Länge. *Ja*, antworte ich leise. *Sag mir, was du willst. Sag mir, was ich tun soll...*

Ich fasse seinen Schaft an und erkunde ihn mit meiner Zunge, wobei ich eine markante Ader an der Unterseite seines Schafts entdecke.

„Gott, das ist geil. Du siehst so gut aus, wenn du meinen Schwanz lutschst."

Feuchtigkeit sammelt sich zwischen meinen Schenkeln, während ich mit Druck und Geschwindigkeit experimentiere und mich dabei von seinem Stöhnen und der Hand an meinem Hinterkopf leiten lasse. Speichel füllt ständig meinen Mund, während ich sein pralles Fleisch verschlinge und seine Länge bedecke. Erneut bekomme ich einen Lusttropfen zu schmecken, schnell lecke ich darüber, um mehr zu bekommen.

Ein raues Stöhnen entweicht ihm, und mein Gegenstöhnen lässt ihn in meinem Mund nur noch mehr anschwellen. Ich spanne meinen Kiefer an und sauge ihn ganz tief ein. Meine Zunge wird flacher, um Platz für ihn zu schaffen, und ich streichle dabei seine Eier.

„Mein Gott, Chastity", knirscht er. „Du musst jetzt aufhören, oder ich werde dir die Kehle füllen."

Aber ich höre nicht auf. Ich will *es*! Ich will alles, was er mir zu geben hat. Er gehört mir. Und das gehört mir auch. Wir werden diese wunderbare Intimität immer miteinander teilen, auch wenn dieses kurze Intermezzo vorbei sein wird und wir in unser Leben zurückkehren. Ich will ihn mit meinem Mund besitzen. Ich will, dass er sich immer an meine Lippen, meinen Mund, meine Zunge auf sich erinnert. Und an meine Kehle, die all sein heißes Sperma schluckt.

Irgendetwas zwischen einem Knurren und einem Grunzen dringt aus seinem Mund, als er unvorstellbar anschwillt und ein warmes, feuchtes Gefühl auf meine Zunge trifft. Sein Rücken wölbt sich und drückt ihn immer tiefer, dann explodiert er. Sein

Samen schmeckt animalisch und beinahe süß, bis ich alles hinunterschlucke.

Ich hebe den Blick und sehe Xander, wie er sich in seiner Lust verliert - der Lust, die ich ihm bereitet habe. Er sieht aus, als würde er eine herrliche Pein der Lust durchmachen.

Ich krabble seinen Körper hinauf, verteile Küsse auf seinem Weg und halte inne, um seine flachen männlichen Brustwarzen mit meiner Zunge zu umkreisen. Als Nächstes liege ich auf dem Rücken. Xanders Mund ist auf meinem und er küsst mich ganz tief.

„Ich bin dran", knurrt er, als er sich zurückzieht.

Er setzt sich wieder auf seine Hüften, spreizt meine Beine und wirft eines über jede Schulter, als ob sie nichts wiegen würden.

Er dreht den Kopf, knabbert an meinem Innenschenkel und leckt gierig alles auf. Dann schaut er zu mir hoch, seine Pupillen sind vor Verlangen geweitet! „Sieht aus, als wäre mein kleiner Liebling ganz heiß geworden, als er mir einen geblasen hat..."

Ich nicke. „War das gut!"

„Verdammt, Chastity", flucht er. „Deine Ehrlichkeit bringt mich um den Verstand!"

„Das Leben ist zu kurz für alles andere, meintest du nicht?" Ich grinse und wiederhole einfach seine Worte von vorhin.

Xander kichert finster und mein Grinsen wird gleich darauf durch ein Keuchen ersetzt, als sich sein Mund über meiner Pussy niederlässt. Er fährt mit seiner Zunge zwischen meinen Falten hindurch und umkreist meinen Kitzler.

„Oh, Scheiße", keuche ich und hebe meine Hüften, um mehr Reibung zu erzeugen. „Ich brauche mehr!"

„Ich habe dich, Rotlöckchen", murmelt Xander, schiebt seine Zunge in mich und spielt neckisch mit meinem Inneren.

Ein heiserer Schrei ertönt in mir, als seine Zunge wieder zu meinem Kitzler wandert und sich in verschiedenen Mustern hin und her bewegt.

„Sag mir, wenn du zu wund bist", sagt er, bevor er zwei Finger tief in mich eintaucht.

Mein Intimbereich ist immer noch ein wenig empfindlich, aber ich werde es ihm auf keinen Fall sagen, denn das fühlt sich einfach zu gut an. Er macht etwas Unglaubliches mit seinen Fingern, er wickelt und dreht sie in mir, um eine magische Stelle zu treffen. Mein Atem stockt in meiner Kehle, während meine Lungen verkrampfen. Und dann explodiere auch ich.

Mein Stöhnen bricht mit der Welle des Orgasmus aus mir heraus. Xander macht aber ungerührt weiter. Er lässt mich nicht mal einen Orgasmus aushalten, bevor er mich schon in den nächsten leckt.

Schließlich lasse ich mich in die Matratze fallen, ohne festen Knochenbau. Unglaublich, meine Pussy schreit nach mehr, als Xander seine Finger herauszieht und sie sauber saugt.

„Verdammt lecker", haucht er, als würde er den weltbesten Wein probieren.

Ich greife nach oben und streiche mit meinen Händen über seine Brust, während er meinen Körper hinaufwandert. Er schließt die Augen und gibt ein leises Stöhnen von sich, weil er die sanften Streicheleinheiten genießt.

Xander rollt sich auf den Rücken, zieht mich an sich und schließt mich in seine Arme.

Als wir uns für einige Minuten in angenehmer Stille entspannen, atme ich glücklich durch. Ich lehne meinen Kopf zurück und lächle ihn an. „Du könntest aber ein professioneller Kuschler sein."

Schmunzelnd drückt er mir einen Kuss auf die Stirn. „Mit dir ist das ganz einfach!"

Mein Herz macht Luftsprünge. Er hat Recht! Mit ihm fühlt sich alles so leicht an. Und es stimmt. Ich mag ihn... Zu sehr...

Ich weiß jetzt schon, dass ich ein Stück meines Herzens bei diesem unglaublichen Mann zurücklassen werde, wenn sich unsere Wege trennen.

Ich hoffe nur, dass ich das überleben kann.

Kapitel Acht
Xander

Nachdem ich mich aus Chastitys warmen Kurven losgerissen habe, gehe ich zurück in mein Zimmer, dusche schnell und ziehe meinen Anzug an. Nachdem ich bei meinem Team eingecheckt habe, melde ich mich bei den Bandmitgliedern, bevor ich mich auf den Weg zur Tiefgarage mache. Der Bus der Band ist in einem reservierten Bereich geparkt und ich will ihn auf jeden Fall noch überprüfen, bevor sie in ein paar Stunden zum Stadion aufbrechen.

Ich erwarte natürlich, dass der Bus leer ist, aber Jameson sitzt im Wohnbereich und kritzelt was auf einen Block.

„Alles klar?" frage ich und setze mich auf den leeren Stuhl ihm gegenüber.

„Hey, Xander. Ja, ich wollte nur ein bisschen Ruhe haben, bevor das Chaos losgeht. Mir schwirrt ein Text für einen neuen Song im Kopf herum und ich wollte ihn zu Papier bringen." Er lehnt sich in seinem Stuhl zurück und sieht mich an. „Wie war das Mittagessen?"

Ich räuspere mich. „Gut."

Jamesons Mundwinkel zucken. „Wirst du rot, Cupcake?"

Ich schaue ihn böse an. „Schnauze!"

Seine Augen verengen sich. „Sieh an, sieh an. Jemand hatte Sex!"

Jemand hatte Sex.

Was für eine beiläufige, grobe Beschreibung für das, was Chastity und ich heute Nachmittag erlebt haben. Daran war nichts Beiläufiges oder Lässiges.

Ich richte meine Anzugsjacke. „Das geht dich einen Scheißdreck an!"

Jameson schürzt seine Lippen und mustert mich nachdenklich. „Du hast Recht. Aber wenn ich dich jetzt so ansehe, würde ich vermuten, dass dir dein kleiner Rotschopf mehr bedeutet, als du erwartet hast."

Ich bin schockiert über seine Erkenntnis. „Das klingt, als ob du aus Erfahrung sprechen würdest. Was läuft da zwischen dir und Shelby?"

Jamesons Miene verfinstert sich. „Das geht dich verdammt noch mal nichts an."

Ich lächle. „Touché!"

Tja... Keiner von uns beiden redet gerne.

Das Konzert läuft an diesem Abend perfekt. Chastity sitzt im VIP-Bereich vor der Bühne und ich bin abgelenkt und behalte sie im Auge. Sie sieht aus, als würde sie sich gut amüsieren. Und verdammt, sie sieht zum Anbeißen aus in ihrer Jeans, die sich an ihren herzförmigen Hintern schmiegt, und in ihrem Soul Obsession T-Shirt, das ihre verlockenden Titten betont. Sie hat ihr Handy in der Hand und scheint sich mit einer ihrer Freundinnen auszutauschen. Ihr Gesicht ist lebhaft, während sie mit den Jungs mitsingt, mit ihrem knackigen Hintern wackelt und mit den Händen in der Luft rumfuchtelt.

Sie ist wie ein freier Geist. Will sie sich also echt an einen abgestumpften Typen wie mich binden? *Scheiße!* Ich kann nicht glauben, dass ich überhaupt eine Beziehung in Erwägung ziehe. Vor zwei Tagen war ich noch zufrieden damit, allein zu sein. Aber als Chastity in meine Arme fiel, war das Spiel vorbei. Sie gehört mir. Ich spüre es tief in mir.

Jetzt muss ich sie nur noch davon überzeugen, dass ich es wert bin, zu warten.

Die Jungs treffen sich wie üblich nach der Show, aber Chastity ist nicht dabei. Ich schreibe ihr also eine Nachricht...

Alles in Ordnung?

Eine Sekunde später antwortet sie.

Ja, tut mir leid. Heiß und verschwitzt nach dem Konzert. Ich brauchte eine Dusche.

In meinem Kopf entstehen sofort Bilder von ihrem nackten Körper unter dem heißen Wasserstrahl und mein Schwanz wird sofort hart.

Schnell schicke ich eine weitere Nachricht hinterher.

Hier unten geht es zu Ende. Triff mich in dreißig Minuten am Pool zum Schwimmen!

Weniger als eine Sekunde später antwortet Chastity mit Herzchenaugen und einem Daumen nach oben.

Ich lächle. Mein Gott, ich werde ja butterweich! Na ja, nicht ganz. Mein Schwanz ist hart wie Stahl, und nur *eine* Frau kann ihn besänftigen.

Als ich fünfundzwanzig Minuten später am Pool ankomme, ist es ruhig. Keiner in Sicht! Kein Wunder, denn es ist fast Mitternacht. Dieser Teil des Hotels ist für die Band reserviert, also gehört dieser Pool ihnen. Der Pool auf der anderen Seite des Hotels ist noch für die Öffentlichkeit zugänglich.

Ich lege meine Sachen ab und streife mein Shirt ab, dann springe ich ins kühle Wasser. Als ich wieder hochkomme, sitzt Chastity am Beckenrand und hält ihre Beine ins Wasser.

Sie trägt einen grünen Bikini, ihre Brüste ragen aus den Dreiecken des Oberteils heraus, ihr blasser Bauch und ihre Schenkel betteln um meinen Mund und meine Hände! Mein Schwanz erwacht bereits zuckend in meinen Badeshorts, noch ehe ich zu ihr schwimme.

„Gut, dass wir hier alleine sind, sonst müsste ich jedem anderen Mann die Augen ausstechen, der dich in diesem Badeanzug ansieht."

Chastity errötet und knabbert an ihrer vollen Unterlippe. Ihre Nippel spannen sich unter den Stofffetzen. Sie mag es, wenn ich besitzergreifend bin! Sie ist ja zu schüchtern, um es zuzugeben, aber ihre Körpersprache verrät sie. Und ich bin nur zu gerne bereit, sie zu verwöhnen, weil meine beschützende, besitzergreifende Seite an die Oberfläche kommt, wenn ich mit ihr zusammen bin.

„Magst du den Badeanzug? Ich hatte noch nie den Mut, ihn zu tragen."

Ich komme näher, spreize ihre Beine und schiebe mich zwischen sie. „Ich mag ihn nicht. Ich liebe ihn verdammt noch mal! Genau wie mein Schwanz. Besonders, wenn er auf deinem wunderschönen Körper liegt."

Ihre Röte wird noch tiefer und hebt die Sommersprossen auf ihrer Nase hervor. „Ich kann immer noch nicht glauben, dass du mich so siehst."

„Sieht so aus, als bräuchtest du noch ein bisschen mehr Überzeugungsarbeit. Ich lasse mich zurück ins

Wasser sinken und ziehe ihre Hüften näher an den Rand, sodass der Stofffetzen, der ihre Muschi bedeckt, auf Augenhöhe mit mir ist.

Dann lasse ich mich im seichten Wasser auf die Knie fallen und küsse mich an ihrem Innenschenkel hoch. Ich schiebe den Badeanzug zur Seite und lecke mich immer weiter ins Paradies. Jeder logische Gedanke verflüchtigt sich mit ihrem honigartigen Geschmack.

„Xander", keucht sie und versucht, sich wegzubewegen.

Ich ergreife aber ihre Handgelenke und führe sie an den Rand des Schwimmbeckens. „Lass mich auf dich aufpassen."

Ich tauche wieder in ihr Inneres ein und Rotlöckchen hält mich mit ihren Schenkeln fest. Dann schaue ich auf und sehe, dass sie die Augenlider geschlossen, den Kopf zurückgeworfen hat und auf ihre Lippe beißt. Ihre Arme zittern.

„Xander." Mein Name ertönt als gequältes Flüstern, das sündhaft schön von ihren prallen Lippen kommt.

Gott! Ich muss sie meinen Namen noch einmal schreien hören, wenn sie kommt. Rotlöckchen reibt sich an mir, aber ich halte sie fest, indem ich einen

Arm um ihre Taille lege. Ich beiße in ihren saftigen Schenkel und schiebe zwei Finger hinein. Ihre Augenlider fliegen jetzt auf, ihre grünen Augen sind auf mich gerichtet!

Während ich an ihrem Kitzler knabbere, zieht sich ihre Pussy um meine Finger zusammen.

„Gib mir alles, Rotlöckchen! Wir gehen hier nicht weg, bevor wir beide bekommen, was wir wollen."

Ich weiß, dass sie das erregt - die Gefahr, in der Öffentlichkeit erwischt zu werden. Jeder der Jungs könnte hierher kommen, um ein spätes Bad zu nehmen...

Ihr Blick schweift zur Umkleidekabine. „Ich brauche dich in mir. Bitte."

Mein Herz stottert. Sie mag die Vorstellung von Sex an einem öffentlichen Ort, aber sie will mich auch ganz für sich allein.

Also richte ich den Badeanzug und stemme mich aus dem Pool. Rotlöckchen steht auf und dann bemerke ich die blauen Flecken auf ihren Hüften.

Als sie merkt, dass ich sie anstarre, lächelt sie und zwinkert mir zu. „Das war es wert. Ich liebe es, deine

Spuren auf mir zu haben."

Heilige Scheiße. Diese Frau...

Ich hebe sie hoch und sprinte fast in die Umkleidekabine. Ein seltsames Gefühl, beobachtet zu werden, überkommt mich. Ich schaue mich um, aber ich sehe niemanden. Mein Schwanz stemmt sich hoch und erinnert mich schmerzhaft daran, dass er in seine Liebste muss. Schnell schließe ich die Tür und schiebe Rotlöckchen zur Bank.

„Zieh dich aus", grummle ich, ziehe meine Badeshorts herunter und lasse meinen gierigen Schwanz frei.

Meine Fingerabdrücke sind überall auf ihr: ihre Hüften, ihre Brüste, ihr Hals. So verdammt heiß! *Mein*, grummelt meine innere Bestie.

Jetzt lasse ich mich auf die Bank herabsinken und ziehe sie zwischen meine Schenkel. Sie geht in die Knie und beugt sich vor, um mich von unten bis oben abzulecken, bevor sie ihn tief einsaugt.

„Mein Gott", stöhne ich, als die Lust meine Eier packt.

Rotlöckchen nimmt mich immer tiefer und würgt, als ich hinten in ihrer Kehle ankomme. Ihr Speichel benetzt meinen Schaft und erleichtert ihr das Ganze aber, während sie ihren Mund auf und ab gleiten lässt und mich bald kommen lässt, wenn das so weiter geht. Sie dreht ihre Hand und benutzt die andere, um meine Eier zu streicheln und zu rollen.

Verdammt, sie lernt schnell hinzu.

Als mein Kopf gegen die Wand hinter mir schlägt, stöhne ich auf. Sie stöhnt überall um mich herum, die ganze Vibration ist sündhaft und schmutzig. Meine Blicke bleiben an ihr hängen, während sie immer schneller wird, bis ich es nicht mehr aushalte.

Ich muss bis zu den Eiern in ihr sein.

Und so greife ich in ihr feuriges Haar und ziehe sie von mir herunter. „Komm her", fordere ich, ziehe sie auf meinen Schoß, ihre Knie zu beiden Seiten meiner Hüften. Ihre Pussy liegt offen vor mir, mein Schwanz wippt zwischen uns und glänzt noch erwartungsvoll von Rotlöckchens Mundarbeit. Ich tauche einen Finger in sie ein und massiere ein wenig ihr Innerstes, um den kleinen magischen Punkt zu finden.

Chastitys Kopf fällt nach hinten und sie hält sich an meinen Schultern fest, während sie auf meiner Hand reitet.

Ich vergewissere mich, dass sie nass und bereit für mich ist, richte mich auf und stoße mit einem Mal tief in sie. Ihre grünen Augen leuchten auf, und ein wildes Stöhnen entringt sich ihrer Kehle. Ich halte aber noch still und versuche, nicht die Kontrolle zu verlieren. Einmal mehr erinnere mich daran, dass das alles noch neu für sie ist.

Aber Chastity lässt das nicht zu. Sie packt mich an den Haaren und zerrt daran. Dann zwingt sie mich, sie anzuschauen.

„Sei vorsichtig, Rotlöckchen! Ich kann mich kaum noch auf den Beinen halten", knurre ich warnend.

Sie beugt sich vor und beißt mir auf die Unterlippe. „Dann tu es nicht. Gib es mir, Xander. Gib mir alles!"

Ich verliere den Verstand! Ich greife nach ihren Hüften, ziehe sie heran und presse ihn hart in ihr kleines Loch, bis sie schreit. Ihre Titten wippen verlockend, während sie mir die Kontrolle überlässt, und ich neige meinen Kopf, um einen Nippel in meinen Mund zu nehmen.

„Oh, fuck", keucht sie und presst sich an mich!

Ich bewege sie an meinem Schaft auf und ab, meine Finger bohren sich in ihre Hüften, während ich hart an ihrer Brustwarze sauge. In diesem Winkel reibt mein Schwanz jeden einzelnen empfindlichen Zentimeter ihrer zuckenden Pussy entlang. Ihre Nägel bohren sich in meine Schultern, aber der Schmerz spornt mich nur noch mehr an.

Sie ist kurz davor, aber ich will, dass sie es zuerst schafft.

„Komm für mich, süßes Mädchen! Ich brauche dich, um meinen Schwanz zu melken." raune ich und stoße in sie hinein.

Immer tiefer und fester, bis ich meinen Rhythmus verliere.

Mit einem markerschütternden Schrei beugt sich Chastity vor. Ihre Pussy verkrampft, ich gebe mich der Lust hin und ergieße mich in ihr.

Ihr Brustkorb hebt sich und sie lehnt ihre Stirn an meine. „Das war... intensiv."

Ich streiche mit meinen Händen über ihren nackten Rücken. „Bleib heute Nacht bei mir!"

Chastity hält bei dieser Aufforderung inne und sieht mich an. Sie nickt. „Das würde ich gerne."

Ihre Augen glänzen vor Vergnügen und etwas anderem - etwas, das mein Herz zum Klopfen bringt. Ein Herz, von dem ich dachte, es sei unantastbar, bis eine rothaarige Sirene in mein Leben tanzte...

Kapitel Neun
Chastity

„Du hast die letzten drei Tage heißen Sex mit Mr. Security gehabt und erzählst mir das erst jetzt?!" geifert Dani in der Leitung.

Ich hatte Dani nach meinem Lunch-Date mit Xander eine kurze Nachricht geschickt, um ihr mitzuteilen, dass alles gut gelaufen ist und ich sie später informieren werde. Natürlich kam es nie zu einem späteren Zeitpunkt... Seit unserem Rendezvous in den Umkleidekabinen habe ich sie aber dann mehrmals angerufen.

Danach gingen wir zurück in meine Suite, wo Xander mich mit seiner Zunge kommen ließ. Die letzten beiden Morgen habe ich ihn mit meinem Mund geweckt, um dann von ihm immer wieder hart rangenommen zu werden.

Meine Pussy bebt allein bei der Erinnerung daran. Ich kann nicht genug von ihm bekommen, und die Intensität meiner Gefühle für ihn macht mir Angst.

„Tut mir leid. Ich war ein bisschen... abgelenkt", erkläre ich verlegen.

Dani gluckst. „Ich habe dich nur geneckt, Schatz. Ich freue mich für dich. Du erlebst das ultimative Abenteuer."

Ich umklammere das Telefon immer fester und beiße mir auf die Lippe. „Ja, aber es ist mein letzter Abend hier... und ich glaube, ich verliebe mich in ihn."

„Oh..." Dani schweigt für ein paar Sekunden. „Fühlt er das Gleiche?"

Ich zucke ratlos mit den Schultern. „Wir haben noch nicht darüber gesprochen. Das ist der Elefant im Raum. Ich meine, selbst wenn er dasselbe fühlt, ist es unmöglich, oder? Ich habe meinen Job, mein Leben in Twin Pines. Und Xander ist ein Jahr lang mit der Band auf Tournee. So fängt man doch keine Beziehung an."

„Geh mit ihm!"

Ich nehme das Telefon vom Ohr und starre es an, weil ich denke, dass ich mich verhört habe. „Ähm. Was?!"

„Du hast noch genug Urlaub. Nimm ihn doch in Anspruch! Buche an jeder Station der Tour ein paar Tage. Ihr schafft das schon, wenn es das ist, was ihr beide wollt."

Ist es das, was wir beide wollen? Oder ist das nur eine Affäre? *Nein.* Meine Instinkte rebellieren bei dem Wort „Affäre" automatisch. Für mich ist es viel mehr als das. *Aber was ist mit Xander?*

„Was ist mit meinen Kindern? Sie verlassen sich auf mich. Ich kann nicht einfach in ihr Leben hinein- und wieder heraushüpfen."

„Sprich mit deiner Chefin! Vielleicht kannst du deine Sitzungen auf drei Tage in der Woche verkürzen oder so. Es wird ja nicht für immer sein. Du hast gesagt, dass Xander in Denver lebt, also könnt ihr zusammen sein, wenn die Tour vorbei ist. Und du hast dein Beratungsdiplom, auf das du zurückgreifen kannst. Es gibt viele verschiedene Möglichkeiten,

Kindern zu helfen - Online-Workshops, Mentoring, Beratungsgespräche..."

Danis Vorschläge sind gut. Aber wir sind zu weit vorausgeeilt. Ich kenne Xander ja erst seit drei Tagen. Drei glorreiche, magische Tage. Es fühlt sich so viel länger an...

„Ich werde darüber nachdenken", gebe ich schließlich zu.

„Das machst du", sagt Dani leise. ""ch habe dich noch nie so über jemanden reden hören. Er muss etwas Besonderes sein."

Ich seufze. „Das ist er. Er ist..." Ich schüttle den Kopf und suche nach dem richtigen Wort, aber ich finde keines, das passt.

„Du kannst das richtige Wort nicht finden, was?" fragt Dani und liest meine Gedanken. „Es müsste auf beiden Seiten Kompromisse geben, aber du würdest dir in den Hintern treten müssen, wenn du es nicht wenigstens versuchst."

Ich reibe mir die Stirn, um die drohenden Kopfschmerzen zu lindern. „Du hast Recht. Ich werde mit ihm reden!"

Dani und ich unterhalten uns noch ein paar Minuten, bevor wir auflegen.

Mitten im Wohnbereich bleibe ich stehen und starre auf den leeren Bildschirm meines Telefons. Können Xander und ich es schaffen? Ich will es! Mehr als alles andere. Er ist alles, was ich mir immer gewünscht habe.

Um meinem Gehirn eine Pause von den schweren Fragen und Entscheidungen zu gönnen, schnappe ich mir das Buch, das ich in meine Tasche gepackt habe und strecke mich auf dem Bett aus. Ich brauche jetzt die Ablenkung durch einen guten Krimi.

Ich muss aber irgendwann eingeschlafen sein, denn ich werde geweckt, als mein Handy piept. Blinzelnd nehme ich es vom Nachttisch und als ich sehe, dass es eine unbekannte Nummer ist, wundere ich mich. Meine Augen weiten sich dann umso mehr, als ich die Nachricht öffne - mein Atem stockt!

Öffentlicher Sex, du kleine Hure? Ich wusste nicht, dass du so eine dreckige Schlampe bist. Ich werde diejenige sein, die dich zum Schreien bringt, wenn ich dich das nächste Mal sehe.

Mein Herz klopft in meinen Ohren. Oh, Gott! *Er* ist hier. Hat er uns im Schwimmbad beobachtet? Hat er uns beim Sex in der Umkleide zugehört? Das lässt meine Wangen vor Wut und Kränkung brennen.

Ich beiße mir auf die Lippe und wäge meine Optionen ab. *Wie zum Teufel ist er an meine Nummer gekommen?* Die Notizen und Blumen waren eine Sache, aber das... das ist nicht in Ordnung. Es ist krank! Es ist bedrohlich. Die Gefahr fühlt sich jetzt unmittelbar an.

Ich muss es Xander sagen. Vielleicht kann er etwas tun oder ihn aufhalten. Wer auch immer das ist...

Ich schaue auf die Uhr - es ist fast Mittag. Schnell rufe ich Xanders Nummer auf, um ihm eine Nachricht zu schicken, als es an meiner Tür klopft. Ich springe auf und lasse mein Handy fallen, das dann auf den Boden purzelt. *Verdammt!* Falls mein Stalker hier im Hotel ist, könnte er meine Zimmernummer kennen.

Auf wackeligen Beinen hebe ich mein Telefon auf und gehe zur Tür. Dann atme ich erleichtert auf, als ich durch das Guckloch schaue und Xander auf der anderen Seite sehe.

Sein Lächeln erstarrt, als ich die Tür öffne, seine Augen verengen sich. „Was ist los?"

Ich schüttle den Kopf und kämpfe gegen die Tränen an, bis ich einen Schritt zurücktrete, um ihn hereinzulassen. „Kann ich heute Nacht bei dir bleiben?"

Als er die Tür schließt, zieht er mich sofort in seine Arme. Bereitwillig lasse ich mich fallen und kuschle mich an ihn. *Er* ist mein sicherer Zufluchtsort geworden.

Als ich mein Kinn hebe und ihn ansehe, runzelt er die Stirn. „Was ist los? Ist etwas passiert?"

Ich rufe die also die Nachricht auf meinem Handy auf und halte sie ihm vor die Nase.

„Was zum Teufel ist das? Wer hat dir das geschickt?" fragt er unwirsch.

„Ich weiß es nicht", flüstere ich.

Sein Kiefer zuckt. „Nimm deine Sachen. Du kommst mit mir mit!"

Ich nicke und bin erleichtert, dass er die Sache ernst nimmt, auch wenn er die ganze Geschichte noch nicht kennt. Seine bedingungslose Unterstützung bedeutet mir aber alles.

Xander schweigt, während er mir hilft, meine Sachen zusammenzusuchen und sie in meine Tasche zu packen. Dann hebt er sie auf und legt einen Arm um meine Schulter, während er mich aus meinem Hotelzimmer führt.

Die Fahrt mit dem Aufzug zu seinem Zimmer verläuft ruhig, aber sein Arm bleibt schützend um mich gelegt, was mir irgendwie einen Kloß im Hals verursacht.

In seiner Suite angekommen, stellt er meine Tasche ab und führt mich in den kleinen Wohnbereich. Ich lasse mich in einen der Sessel sinken und Xander setzt sich mir gegenüber. Dann lehnt er sich vor, die Ellbogen auf die Knie gestützt. Seine dunklen Augen blicken mich intensiv an. Das ist also Xander, der Ex-Polizist. Der Bodyguard. Er ist stahlhart und entschlossen.

„Was ist hier los?"

„Jemand hat mich in den letzten zwei Jahren gestalkt." erkläre ich flüsternd.

Sein voller Mund verzieht sich und er sieht wütend aus. „Dich stalken? Zwei Jahre lang?"

Ich nicke. „Am Anfang habe ich mir nicht allzu viel dabei gedacht. Es fing mit einem Rosenstrauß und einem Zettel vor meiner Tür an. Am Anfang war es nur sporadisch, aber dann wurden die Blumen häufiger und die Zettel deutlicher."

Xanders Kinnlade zuckt. „Was stand auf den Zetteln?"

Ich stoße einen nervösen Atemzug aus. „All die Dinge, die er mit mir machen wollte. Sexuelle Dinge... Dann hatte ich das Gefühl, dass ich verfolgt wurde, aber ich habe nie jemanden gesehen, der verdächtig war. Ich ging zur Polizei, die mir sagte, dass sie ohne weitere Beweise nichts tun könnten. Er hatte mich nicht angefasst oder verletzt, also gab es nichts Konkretes."

„Das ist Blödsinn. Die Realität ist, dass sie nicht die Mittel hatten, um der Sache nachzugehen." Ich kann sehen, wie er nachdenkt, während er sich mit der Hand durch sein dunkles Haar fährt. „Sag mir alles, was du weißt. Alles, woran du dich erinnerst. Daten, Zeiten, alles, was ungewöhnlich ist, egal wie unbedeutend."

„Das kann ich, mehr noch. Ich habe alles auf meinem Handy gespeichert. Ich habe alles aufgezeichnet", sage ich und reiche es ihm rüber.

Xander lächelt. „Natürlich hast du das. Meine Frau ist nicht nur ein hübsches Gesicht!"

Meine Frau.

Bin ich das? Gott, ich hoffe es, denn es fühlt sich an, als gehöre er mir.

„Ich melde mich bei meinem Chef, Ryder." fährt Xander fort. „Er ist gut darin, Informationen herauszufinden, die die Polizei nicht haben kann und will."

Nun steht er auf und geht im Zimmer auf und ab, während er sein Handy zückt. Seine Daumen fliegen über die Tasten.

Mein Stalker war bis heute ein Phantom. Der Erhalt dieser Nachricht hat aber alles noch realer gemacht. Er hat meine Nummer! Er ist mir hierher gefolgt... Das sind keine zufälligen Aktionen. Sie sind mit Absicht geschehen.

Ich lehne mich zurück und schließe meine Augenlider. Ich habe diese Last zwei Jahre lang allein getragen und in Ungewissheit gelebt. Es ist jetzt also eine große Erleichterung, dies mit jemandem zu teilen.

Nicht nur mit jemandem. *Mit Xander.*

Dem Mann, in den ich mich verliebt habe.

Kapitel Zehn
Chastity

Ich schrecke hoch und reiße die Augen auf, als ich plötzlich... vom Stuhl gehoben werde!

„Ganz ruhig", murmelt Xander in mein Ohr, während er mich auf seinen Schoß setzt. „Ich habe dich."

Seine Worte setzen jene Gefühle frei, die ich seit zwei Jahren in mir aufgestaut habe. Meine Schultern zittern, bis der erste Schluchzer meiner Kehle entweicht. Xander hält mich fest, während ich weine, reibt mir den Rücken und flüstert beruhigende Worte, während ich meine Angst, Wut und Unsicherheit loslasse.

„Es tut mir leid", schlucke ich, als die Tränen endlich nachlassen.

Xander küsst mich auf die Stirn und wischt mit seinen Daumen über meine Wangen. „Sag nicht, dass es dir leid tut. Du hast das alleine durchgestanden. Nichts davon ist deine Schuld. Irgendein krankes Arschloch denkt, dass er sich mit dir anlegen kann, und das lasse ich nicht zu. Warum hast du es nicht schon früher jemandem erzählt? Deiner Familie? Freunden?"

Zittrig antworte ich: „Ich wollte sie nicht beunruhigen. Am Anfang habe ich es geleugnet. Ich habe versucht, es zu ignorieren. Als die Blumen und Briefe immer häufiger kamen und ich zur Polizei ging, taten sie so, als wäre es nichts, also dachte ich, ich würde überreagieren. Ich dachte wohl, dass er irgendwann aufhören würde, wenn ich ihm nicht die Reaktionen gäbe, die er wollte. Also ging ich meinem Leben wie gewohnt nach. Oder so gut es eben ging, wenn ein Verrückter mir unerwünschte Aufmerksamkeit schenkte. Aber diese Nachricht heute..." Ich erschaudere. „Es wird nur noch schlimmer..." Ich schaue ihn mit besorgten Augen an. „Er ist hier irgendwo, Xander. Er hat uns gesehen. Er hat uns gehört."

Xander streichelt mein Gesicht. „Du bist nicht mehr allein, Rotlöckchen. Ich werde nicht zulassen, dass dir etwas zustößt. Du bist zu wichtig für mich!"

Sein Geständnis lässt die Eiskugel in meinem Magen schmelzen.

Ich zwinge mich zu einem vorsichtigen Lächeln. „Danke."

Dann lege ich eine Hand um seinen Nacken und ziehe seinen Kopf für einen Kuss nach unten. Es sollte ein Kuss der Dankbarkeit sein, aber in der Sekunde, in der seine Zunge sich an meinen Lippen vorbeischleicht, gehe ich in Flammen auf.

„Ich brauche dich", keuche ich gegen seinen Mund und fahre mit meinen Händen durch sein Haar.

Ich brauche ihn, damit er mir hilft zu vergessen. Ich brauche seine Berührung, seinen Geschmack, seine Hände auf meinem Körper. Haut an Haut.

Xander erhebt sich und trägt mich auf das Schlafzimmer zu. Als er mich auf das Bett legt, zieht er sich schnell aus, wobei seine Augen meine nicht eine Sekunde lang verlassen.

„Zieh dich aus, Rotlöckchen", befiehlt er.

Sobald er nackt ist, windet sich sein massiver, wütend aussehender Schwanz nach oben in Richtung Bauch. Er ist so groß! Und er ist nur für mich! Ich glaube nicht, dass ich jemals darüber hinwegkommen werde, wie sehr er mich will.

Ich schlüpfe in Rekordzeit aus meinen Klamotten und werfe sie über die Bettkante. Die Scheu, die ich beim ersten Mal empfunden habe, ist längst verflogen. Xander hat mir mit jeder Berührung, jedem Kuss und jedem heißen Kompliment gezeigt, wie sehr er meinen Körper begehrt.

In Sekundenbruchteilen ist er auf mir. Ich schlinge meine Beine um ihn, während er sich über mich beugt. Er gibt ein leises Knurren von sich und nimmt eine Brustwarze in den Mund, um sie mit seiner Zunge zu umschmeicheln und mit den Zähnen zu bearbeiten. Als er ablässt, geht er rüber, küsst er die andere und schenkt ihr die gleiche Aufmerksamkeit.

Ich stöhne auf und krümme mich, wobei ich mich an seinen muskulösen Schultern festhalte. „Bitte lass mich nicht warten. Ich brauche dich in mir!"

„Ich muss sicher sein, dass du bereit bist, süßes Mädchen", sagt er und taucht seine Hand zwischen meine Schenkel. Seine Finger streichen durch meine Schamlippen. „Baby, du bist ja ganz feucht für mich!"

Ohne auf eine Antwort zu warten, spreizt er meine Beine weit, richtet sich auf und dringt mit einem langen, festen Stoß in mich ein.

„Jaaaaa", keuche ich und hebe meine Hüften, um seinem nächsten sündigen Stoß entgegenzukommen. „Ja, Xander. Hart. Ich will es hart!"

Xander flucht. „Mein Gott, Baby, du bringst mich noch um. Du fühlst dich so verdammt gut an. Eng und heiß und verdammt süchtig machend!"

Seine Stöße werden immer köstlicher. Ich werde das noch tagelang spüren, immer wenn er ihn ganz herauszieht und dann wieder hart und schnell in mich eindringt. Er zieht sich wieder zurück und stößt dann wieder zu. Immer weiter und weiter, bis ich ihn anflehe, mich zu seinem Eigentum zu machen. Er tut genau das...

Er hebt mich praktisch an meinen Hüften aus dem Bett, während er in mich stößt. Er beansprucht mich für sich, brandmarkt mich von innen und außen. Er sagt mir ohne Worte, dass ich ihm gehöre.

Dabei verschränkt er unsere Finger auf dem Kissen und stößt mich mit jedem Schlag seiner Hüfte das Bett empor. Jedes Mal, wenn sein Becken mit meinem zusammenstößt, dreht er seine Hüften und stößt gleichzeitig gegen meine Klitoris und den magischen Punkt in mir.

Während er immer praller wird, bebt es in mir, bis seine Stöße ungleichmäßig werden. Es ist zu viel... Die äußere und innere Stimulation lässt meinen Höhepunkt in mich hineinrauschen und ich breche buchstäblich zusammen.

Da ist nur noch pure Glückseligkeit. Ich bin im Nirwana. Und Xander... Er ist überall. Um mich herum. In mir. Er brennt sich in meine DNA ein.

Ich liebe ihn. Es ist mir egal, dass es erst drei Tage her ist. Ich weiß es. Egal, was passiert oder was die Zukunft für uns bereithält, ich werde es nie bereuen, diesen Mann zu lieben.

Mit einem Brüllen lässt Xander sein Becken mit meinem verschmelzen. Schwer atmend lassen wir uns zusammen auf die Matratze fallen, während sein Schwanz noch immer tief in mir steckt.

„Scheiße", haucht er und streicht mir die feuchten Haare aus dem Gesicht.

Ich lächle, völlig befriedigt. „Oh ja..."

Er drückt mir einen Kuss auf die Stirn, bevor er aufsteht und im Bad verschwindet. Dann kommt er mit einem Waschlappen zurück. Gott, ich liebe es, wie er sich um mich sorgt!

Zurück im Bett, nimmt er mich in seine Arme. „Ich glaube, du solltest heute Abend nicht zum Konzert gehen."

Ich neige meinen Kopf und schaue zu ihm auf. *Er macht sich Sorgen um mich.* Ich sehe es an der Besorgnis, die ihm ins Gesicht geschrieben steht. Es ist vielleicht keine Liebe, aber es könnte sich zu mehr entwickeln.

„Ich kann mich davor nicht verstecken, Xander. Das weißt du doch. Außerdem bin ich auf dem Konzert mit dir und deinem Sicherheitsteam sicherer. Du wirst mich immer im Auge haben."

Er wird still und denkt über meine Worte nach. „Du hast Recht." Er hält inne, als ob er nach Worten suchen würde. Als seine Blicke die meinen treffen, raubt mir ihre Intensität den Atem. „Du bist wichtig für mich, Chastity. Du bist unter meiner Haut und hier drinnen." Er klopft sich auf die Brust! „Wenn wir mit diesem Arschloch, das dich verfolgt, fertig sind, müssen wir reden. Überlegen, wie es mit uns weitergeht. Ich will nicht, dass das hier" - er wedelt mit der Hand zwischen uns - „aufhört, wenn du zurück nach Twin Pines gehst."

Mein Herz macht einen Sprung! *Keine Liebeserklärung, aber so gut wie...*

Ich führe seine Hand zu meinem Mund und küsse seine Fingerknöchel. „Ich auch."

Er räuspert sich. „Gut. Schön, dass wir das geklärt haben."

Ich weiß lächelnd, dass ihm Worte schwer fallen. Er ist ein Mann der Tat, und das hat er heute bewiesen, als er mir ohne zu zögern zur Hilfe kam.

Xander streicht mit seiner Hand über mein Haar. „Mach ein Nickerchen. Ich werde hier bleiben!"

Und so schlafe ich ein und kuschle mich in seine Arme.

„Hast du etwas von deinem Kontaktmann gehört?" frage ich Xander, als wir uns darauf vorbereiten, seine Suite für das Konzert zu verlassen.

Ich lasse meinen Blick über ihn in seinem Anzug schweifen. Gott, er ist umwerfend mit seinen breiten Schultern und muskulösen Schenkeln, sein Haar ist nach der Dusche ordentlich gestylt.

Er schüttelt den Kopf. „Noch nicht. Ich habe ihm alles von deinem Handy geschickt. Er wird mich anrufen, wenn sich etwas ergibt."

Vorfreude und Unruhe auf das letzte Konzert in Denver packen mich. Ich freue mich darauf, Soul Obsession zum letzten Mal zu sehen, aber mein Bauch kribbelt vor Angst, weil ich weiß, dass mein Stalker irgendwo da draußen ist. Selbst Xanders Anwesenheit kann den Knoten in meinem Magen nicht lösen, als wir zum Veranstaltungsort fahren. Trotz der Maßnahmen, die er heute Abend ergriffen hat, werde ich die Angst nicht los, dass diese Person irgendwie einen Weg finden wird, mir etwas anzutun.

Die letzten drei Abende saß ich in der ersten VIP-Reihe, aber heute Abend sitze ich hinter der Bühne, dank Xander. Ich habe keine Ahnung, ob er den Mitgliedern von Soul Obsession von meinem kleinen Problem erzählt hat, aber ich bin dankbar, dass ich dem üblichen Ansturm der Fans entkommen kann.

Als wir uns auf den Weg hinter die Bühne machen, ist die Atmosphäre voller Vorfreude. Auf der Bühne sind die Mikrofone und Instrumente für die Band aufgebaut, und ich kann nicht anders, als mich von der Energie mitreißen zu lassen.

Xander drückt mir einen kurzen Kuss auf die Lippen. „Ich sehe dich später. Sei ein braves Mädchen!"

Ich klimpere mit den Wimpern. „Bin ich das nicht immer?"

Sein tiefes Keuchen läuft mir über den Rücken, während er seinen Kopf an mein Ohr legt: „Nicht, wenn mein Schwanz in dir ist. Das ist eines der Dinge, die ich an dir liebe..."

Ich ziehe mich zurück und starre ihn mit offenem Mund an. „Ähm..."

Dann richtet er sich auf und räuspert sich, als ob ihm plötzlich klar wird, was er gesagt hat. „Wir reden später weiter. Bleib bei Bryce" - er nickt in Richtung des Wachmanns - „und ruf mich an, wenn du mich brauchst."

„Dann werde ich dich jede Minute anrufen", sage ich mit einem frechen Grinsen.

Seine Augen glühen vor Leidenschaft. „Bring mich nicht in Versuchung, Liebes!"

Ein Kuss später lässt er mich mit Bryce zurück, um sich vor dem Konzert mit seinem Team und den Bandmitgliedern im Green Room zu treffen.

Ich bin glücklicher als je zuvor. Es scheint, als wären Xander und ich uns einig, wohin unsere Beziehung führen soll. Dani hatte Recht - wir müssen beide Kompromisse eingehen, aber Xander ist es mehr als wert.

Die nächsten paar Stunden verlaufen unglaublich. Mason, Jameson, River, Jax und Asher umarmen mich, bevor sie ihre Plätze auf der Bühne einnehmen. Bis vor kurzem wäre ich fast hysterisch geworden, wenn mich nur einer von ihnen umarmt hätte, aber jetzt ist Xander der Einzige, der mehr in mir weckt. Trotzdem sind die Jungs nett anzuschauen und ihre Musik ist großartig.

Das ist mein viertes Konzert in Folge, aber die Songs von Soul Obsession werden nie alt. Backstage zu sein, hat eine ganz andere Atmosphäre. Ich fühle mich wie ein Teil des Geschehens, als ich zu ihren Klassikern wie „Girlfriend", „Sex Appeal" und „Ride" tanze und mitsinge, aber auch zu ihren neuen Songs „Tastes Like Sugar" und „So Yours".

Ab und zu werfe ich einen Blick über die Schulter, um mich zu vergewissern, dass Bryce immer noch da ist und auf mich achtet. Ich weiß nicht, wie Xander den zusätzlichen Sicherheitsmann an Land gezogen hat, aber das ist nur ein weiteres Beispiel dafür, wie er sich um mich sorgt.

Als die Band ihre Zugabe, „Heartstrings", singt, gebe ich endlich dem Verlangen meiner Blase nach. Ich wusste ja, dass ich die Flasche Wasser nicht hätte austrinken sollen, bevor wir das Hotel verlassen hatten. Wenn ich nicht bald gehe, stehe ich bald in einer Pfütze.

Schnell sage ich Bryce, dass ich eine Toilettenpause brauche. Er bietet mir an, mitzukommen, aber die Toilette ist nur ein paar Meter entfernt, also verkünde ich, dass er hier bleiben soll. Außerdem ist das Konzert fast vorbei und Xander wird jeden Moment zurückkommen.

Ich kümmere mich also schnell um mein Geschäft und wasche mir die Hände. Meine Hand ist schon am Griff der Badezimmertür, als sie von der anderen Seite gewaltsam weggestoßen wird. Durch den Aufprall der Tür schmerzt meine Stirn und ich werde rückwärts auf den Boden geschleudert.

Stöhnend berühre ich vorsichtig meinen Kopf und erbleiche, als meine Finger blutverschmiert sind.

„Ich habe auf dich gewartet", sagt eine seltsam vertraute Stimme.

Warum kenne ich diese Stimme? Ich blicke auf und blinzle durch verschwommene Augen. Er steht mit dem Rücken zu mir, während er die Tür abschließt.

Die Teile des Puzzles fügen sich langsam in meinem Kopf zusammen, als er sich zu mir umdreht. Die Erkenntnis trifft mich wie eine Flutwelle und lässt mir die Galle in den Hals steigen. *Das* ist der Mann, der in den Schatten lauert und in mein Leben eingedrungen ist.

Ich fahre nach Denver, um Soul Obsession zu sehen.

Meine Worte von vor ein paar Wochen kommen mir wieder in den Sinn. Ich hatte ihm genau gesagt, wo ich sein würde. Ich hatte ja keine Ahnung, wer *er* war. Wie sollte ich auch?

Ich blicke nun auf in das Gesicht meines Stalkers.

Er lächelt. „Hallo, Chastity. Ich habe dich vermisst."

Kapitel Elf
Xander

Soul Obsession singen gerade ihr letztes Lied, als der Anruf von Ryder kommt.

„Ryder, was hast du für mich?", beginne ich und verzichte auf die üblichen Höflichkeiten.

„Du schuldest mir was, Xan. Dein Mädchen wohnt in einer Privatwohnung, deshalb war es nicht einfach, an das Überwachungsmaterial heranzukommen", poltert seine tiefe Stimme und kommt direkt zur Sache. „Ich muss dir nicht sagen, wie viele dieser Fälle auf den Schreibtischen der Cops landen und nie aufgegriffen werden."

„Was du nicht sagst. Ein weiterer Grund, warum ich damals ausgestiegen bin. Was hast du gefunden?"

„Filmmaterial von einem Mark Lindon, der vor der Tür deines Mädchens stand. Bei mehreren Gelegenheiten. Manchmal ist es er, manchmal ein junges Mädchen. Wir haben sie überprüft, und es ist seine Halbschwester. Wahrscheinlich hat er sie nur benutzt. Sie dachte wahrscheinlich, sie würde nur Blumen ausliefern. Sie konnte nicht wissen, was auf den Zetteln stand."

„Scheiße. Chastity hat mir von der Schwester erzählt. Sie ist eine ihrer Schülerinnen! Ihr Name ist Lacey. Was für ein krankes Arschloch benutzt seine Schwester, um seine schmutzige Arbeit zu verrichten?"

„Einer, der hinter Gitter gehört", sagt Ryder grimmig. „Man hat bereits eine einstweilige Verfügung gegen ihn erwirkt."

„Scheiße", fluche ich. „Hat er das schon mal gemacht?"

„Ja. Anscheinend ist dein Mädchen nicht die Einzige, mit der er das versucht hat. Der Typ braucht Hilfe. Ich habe auch Überwachungsvideos von ihm an verschiedenen öffentlichen Plätzen auf seinem Weg nach Denver gefunden."

Ich will gerade etwas erwidern, als Bryces Stimme über den Ohrhörer ertönt und von einem Zwischenfall in der Backstage-Toilette berichtet.

Mist! Chastity!!!

„Danke, Ryder. Ich muss los. Ich habe hier ein Problem!"

Ich beende den Anruf, ohne auf seine Antwort zu warten, und sprinte in den Bereich, in dem ich Chastity zurückgelassen hatte.

Durch den Korridor in Richtung Badezimmer eilend, pocht mein Herz und die Angst packt mich. *Lieber Gott, lass es Chastity gut gehen!* Diese nagende Angst in meiner Magengrube raubt mir fast den Atem!

Warum zum Teufel hat Bryce sie aus den Augen gelassen? Wenn ihr etwas zugestoßen ist...

Schnell streiche ich den Gedanken aus meinem Kopf. Ich muss mich konzentrieren!

Als ich mich der Badezimmertür nähere, ist Bryce da, wo ich ihm gesagt hatte, dass er warten solle. Ich höre eine gedämpfte Stimme von drinnen ertönen. *Mark!* Der verrückte Kerl hat also zugeschlagen. Der

Idiot muss doch wissen, dass er erwischt wird?! Panik steigt in mir auf. Ich muss da rein, für Chastitys Sicherheit sorgen und mich um Mark kümmern.

Ich stoße mit der Schulter gegen die Tür und breche das schwache Schloss damit auf. Der Anblick, der sich mir bietet, lässt mir das Blut in den Adern gefrieren. Chastity liegt auf dem Boden, Blut sickert aus einer Wunde an ihrer Stirn und Mark Lindon, der Mann, der sie verfolgt, steht mit einem beunruhigenden Funkeln in den Augen über ihr. Mein Gott, er ist doch noch ein Kind! Ich muss vorsichtig vorgehen...

Während ich die Situation einschätze, fokussiere ich ihn genau. „Mark, was machst du da?" frage ich ganz ruhig.

Marks Blick wandert zu mir und ich erkenne eine beunruhigende Mischung aus Besessenheit und Verblendung in seinen Augen. „Ich musste sie beschützen", murmelt er. Seine Worte klingen voller Überzeugung. „Sie braucht mich. Sie weiß es nur noch nicht. Ich kann sie beschützen! Sie und Lacey. Wir können eine Familie sein."

Ich stürze mich auf ihn, gerade als er Chastity anbetend ansieht und stoße ihn von ihr weg. Dann prügeln wir uns auf dem Boden und tauschen Schläge aus. Das pure Adrenalin durchflutet meinen Körper. Es ist klar, dass Mark psychisch labil ist. Ich will ihn nicht verletzen, aber ich muss ihn überwältigen.

Dabei nehme ich vage wahr, wie Bryce Chastity aus dem Bad zerrt. Das ist gut! Jetzt muss ich ihn nicht mehr umbringen, weil er sie allein gelassen hat.

Ich schaffe es schließlich, Mark auf den Boden zu drücken und ihn mit einem festen Griff zu fixieren. „Du brauchst Hilfe, Mark", sage ich mit dem Gesicht nur Zentimeter von seinem entfernt. „Was du tust, ist keine Liebe. Es ist eine Besessenheit und es tut ihr weh."

Er sieht mich an, seine Blicke schwanken zwischen Verwirrung und Wut. „Du verstehst das nicht. Ich weiß, was das Beste für sie ist. Sie muss es nur begreifen."

Bevor ich noch mehr sagen kann, trifft das andere Sicherheitspersonal ein, das durch den Aufruhr alarmiert wurde. Sie bringen die Situation schnell unter Kontrolle und halten Mark zurück.

Ein Hauch von kupferfarbenem Haar fällt mir ins Auge, und dann liegt mein Rotlöckchen auch schon mitten in meinen Armen. Sie schaut zu mir hoch, doch ihre Augen scheinen voller Traurigkeit und Verwirrung zu sein. „Es war Mark. Ich kann es nicht glauben! Er war es die ganze Zeit."

Ich nicke. „Maverick hat mich angerufen, kurz bevor Bryce mich über den Hörer gewarnt hat." Ich untersuche ihre Stirn: „Mein Gott, Süße. Hat er das getan?"

Sie berührt sanft ihre Stirn. „Ich glaube nicht, dass es schlimm ist. Ich wollte gerade gehen, als er ins Bad stürmte. Die Tür hat mich am Kopf getroffen."

„Wir sollten dich untersuchen lassen", sage ich, während der Sicherheitsdienst Mark schon wegbegleitet.

Chastity beißt sich auf die Lippe. „Er braucht Hilfe, Xander, keinen Knast!"

Typisch Chastity. Ihr weiches Herz will immer helfen. Die Wut darüber, was ihr hätte passieren können, treibt mich immer noch an, deshalb fällt es mir schwer, ihr zuzustimmen.

Vorsichtig umarme ich ihr Gesicht und schaue ihr in die smaragdgrünen Augen. „Keine Toilettenpausen mehr ohne mich. Ich hätte dich verlieren können!"

Ein leises Lachen entweicht ihr. *„Ich liebe dich,* mein Schatz, aber ich kann nicht vor dir pinkeln." Als ihr klar wird, was sie gesagt hat, hält sie sich die Hand vor den Mund. „Ich habe es nicht so gemeint..."

„Ich hoffe doch, du hast es ernst gemeint, denn ich liebe dich auch, Rotlöckchen!"

Rotlöckchens Augen werden riesengroß: „Ich... Das tust du? Aber..."

„Ja, ich weiß. Es geht alles so schnell. Es ist verrückt! Aber das macht es nicht weniger wahr."

„Aber was ist mit unseren Jobs? Die Tournee..."

„Das kriegen wir schon hin", sage ich zuversichtlich. „Jetzt wollen wir dich erst einmal untersuchen. Kopfverletzungen können gefährlich sein."

Chastity sieht ein wenig benommen aus. „Du hast Recht. Ich glaube, ich habe eine Gehirnerschütterung, denn ich bin mir sicher, dass du mir gesagt hast, dass du mich liebst. Kannst du es noch einmal sagen, damit ich mir sicher bin, dass es echt war?"

Während wir uns küssen, lächle ich. „Ich liebe dich, Chastity Harper!"

Sie seufzt. „Und ich liebe dich. Danke, dass du mein Bodyguard bist!"

„Rotlöckchen, deinen Körper zu beschützen ist mein größtes Vergnügen." frotzle ich grinsend.

Epilog
Xander

Drei Monate später - Las Vegas

Heute ist die letzte Show in Las Vegas und Chastity und ich übernachten im „The Venetian". Ich habe sie heute Morgen vom Flughafen abgeholt, nachdem wir zwei Wochen getrennt waren. Ich werde nicht lügen, diese zwei Wochen ohne sie waren eine verdammte Folter. Ich wusste nicht, dass ich jemanden so sehr vermissen kann. Ihr Lächeln, diese Begeisterung für das Leben. Und erst diesen sündigen Körper...

Es war nicht leicht, Zeit füreinander zu finden, aber Chastity hat mit ihrer Chefin gesprochen, und sie hat zugestimmt, dass Chastity ihr Arbeitspensum reduziert. Ich weiß, dass es Rotlöckchen schwer gefallen war, nach unserer Zeit in Denver und den Ereignissen mit Mark wieder zur Arbeit zu gehen.

Ihre Chefin und ihre Arbeitskollegen waren schockiert, als sie von Mark hörten. Sie wussten nicht einmal, dass Chastity einen Stalker hat, also war es eine umso größere große Überraschung. Aber sie haben sie alle unterstützt, genauso wie Chastitys Soul Obsession-Freundinnen.

Mark wurde verhaftet und wegen Belästigung und Nötigung angeklagt. Chastity hat bei der Polizei eine Aussage gemacht und Mark könnte im schlimmsten Fall eine zehnjährige Gefängnisstrafe oder bestenfalls eine saftige Geldstrafe drohen. Es ist nicht sein erstes Vergehen, was seinem Fall nicht gerade zuträglich ist. Chastity muss vielleicht vor Gericht erscheinen, wovor sie sich fürchtet, aber wir werden es gemeinsam durchstehen.

Ihr weiches Herz will nicht, dass Mark ins Gefängnis muss. Sie glaubt, er braucht eher psychologische Hilfe als eine Gefängnisstrafe. Ich bin da anderer Meinung - ich bin immer noch wütend, dass sie verletzt wurde und ich denke, das Gefängnis wird Mark eine Lektion erteilen. Aber Marks Mutter und seine Stiefschwester

Lacey sind auf sein Einkommen angewiesen, also ist es nicht so einfach. Das ist der einzige Wermutstropfen in unserer Beziehung und wir werden beide froh sein, sobald die Dinge geklärt sind, so oder so.

In der Zwischenzeit hat Chastity durch die Verkürzung ihrer Arbeitszeit Zeit gewonnen, um mich auf jeder Etappe der Soul Obsession-Tour für ein paar Tage zu begleiten: Phoenix, Houston, Atlanta, New Orleans, Washington DC und zuletzt hier in Las Vegas.

Mit der Frau zusammen zu sein, die ich liebe, und alles durch ihre Augen zu erleben, ist unglaublich und unbezahlbar. Wenn ich schon nach ein paar Tagen in Denver dachte, ich würde sie lieben, so ist das nichts im Vergleich zu dem, was ich jetzt für sie empfinde. Ich bin total verrückt nach ihr!

Wir haben nun vor, ein paar Tage lang alles aufzusaugen, was Vegas zu bieten hat. Der Bonus ist, dass Chastity ihre Freundin Dani, die in Vegas lebt, beim Konzert heute Abend sehen kann.

„Was ist das alles?" höre ich Chastity fragen, als sie aus dem Badezimmer in unsere prächtige Suite kommt.

Haare und Körper in ein Handtuch gewickelt, folgt sie der Spur von Rosenblättern durch das Schlafzimmer und ins Esszimmer, wo ich bereits auf sie warte. Rotlöckchen bleibt der Mund offen stehen! Der Esstisch ist mit einer Reihe von Leckereien gedeckt und überall stehen Kerzen.

„Was ist das alles?", wiederholt sie.

Lächelnd komme ich auf mein Rotlöckchen zu. „Alles Gute zum dreimonatigen Jubiläum, Rotlöckchen!" Dann ziehe ich sie zu einem alles verzehrenden Kuss heran.

„Kein Wunder, dass du mich unter die Dusche gedrängt hast, du hinterhältiger Kerl", sagt sie atemlos, als ich endlich zurückweiche. „Normalerweise kannst du es kaum erwarten, mir das Höschen auszuziehen, sobald wir durch die Hoteltür gehen, nachdem wir getrennt waren. Ich hatte mir schon Sorgen gemacht, als das heute nicht passiert ist..."

Ich runzle die Stirn. „Besorgt?!"

Rotlöckchen senkt ihren Blick und flüstert: „Ja. Ich dachte, du würdest dich von mir entfernen."

Zärtlich umfasse ich ihr Kinn und neige es zu mir nach oben. „Anscheinend habe ich dir nicht gut genug demonstriert und gesagt, wie viel du mir bedeutest."

„Tut mir leid. Alte Unsicherheiten lassen sich nicht so leicht ausmerzen, denke ich." grinst sie.

Ich schaue auf Rotlöckchen herab und genieße dabei den Anblick ihrer samtweichen Haut mit den vielen Sommersprossen und blicke dann tief die grünen Augen, die ich so sehr liebe. „Damit das klar ist: Es gibt kein ‚entfernen', Rotlöckchen! Du bist ein Teil von mir, tief in meinem Herzen. Und ich habe vor, immer wieder zu beweisen, wie besessen ich von dir und diesem wunderschönen Körper bin. Aber ich wollte etwas Besonderes für dich tun. Ich weiß, dass du es in den letzten Monaten nicht leicht hattest, nach dem, was mit Mark passiert ist, dem Stress, der Arbeit und dem vielen Reisen..."

Rotlöckchen legt ihre Hand auf die meine, welche auf ihrer Wange ruht. „Du machst es mir leicht, Schatz. Ich kann mir mein Leben ohne dich nicht mehr vorstellen."

„Das musst du auch gar nicht. Ich bin genau hier, bei dir. Und ich werde nirgendwo hingehen!"

Rotlöckchen stellt sich auf die Zehenspitzen, um mich zu küssen und stöhnt schon auf, als meine Zunge über ihre Lippen gleitet. Kurz darauf sind wir beide außer Atem.

Ich knabbere an ihrer prallen Unterlippe. „Lass mich dich zum Mittagessen ein wenig füttern…"

Rotlöckchen grinst stattdessen frivol, während sie meinen steifen Freudenspender durch meine Jeans hindurch massiert. „Ich würde lieber erst den Nachtisch essen."

Erregt zischt er: „Gott, ich habe ein Ungeheuer erschaffen!"

„Ein Unersättliches! Und es gehört ganz dir!"

Während ich meinen Schwanz gegen Rotlöckchen presse, knete ich ihren saftigen Arsch durch. „Mein Ungeheuer wird mehr als glücklich sein, deines zu beglücken, Liebes. Aber später… Erst das Mittagessen! Ich habe es nicht zur perfekten Zeit kommen lassen, nur um es kalt zu essen."

Ich nehme ihre Hand, ziehe sie zum Tisch und ziehe sie auf meinen Schoß, während ich mich setze.

Rotlöckchens Blick fällt nun auf das als Geschenk verpackte Paket neben einer Blumenvase. „Was ist das?"

Ich grinse verschmitzt. „Eine Art Geschenk. Du kannst es aufmachen, wenn wir gegessen haben."

Sie schmollt. „Du lässt mich warten? Und wenn ich mich beeile?"

Chastity greift nach einem Teller und betrachtet all die Köstlichkeiten. Ich habe so ziemlich alles auf der Zimmerservicekarte bestellt!

Als sie ein Stück Pizza, etwas eingelegten Rotkohl und ein Törtchen auf ihren Teller legt, ziehe ich die Brauen hoch. „Interessante Kombination!"

Sie grinst. „Du weißt, dass ich meine Muffins liebe!"

„Mit Kohl und Käse, anscheinend", kommentiere ich trocken.

Rotlöckchen nimmt einen Bissen von ihrer Pizza und fummelt dann auch schon an der Schachtel herum, um zu hören, ob sich etwas bewegt.

„Ah, nein! Lass es! Unartige Mädchen dürfen ihre Geschenke nicht aufmachen", tadle ich und gebe ihr einen süßsauren Klaps.

Doch Rotlöckchen antwortet neckisch: „Du stehst drauf, wenn ich unartig bin."

Mit einem Stöhnen bewege ich mich unter ihren prallen Arsch, mein Schwanz drückt nun voll dagegen. „Du machst mich ganz schön fertig, Rotlöckchen!"

Nach einem Bussi antwortet sie keck: „Du mich auch, also ist es nur fair."

Nun sind wir Stirn an Stirn einander gegenüber. „Scheiße, wie konnte ich nur so viel Glück haben? Wo kommst du her?"

„Vom Himmel gefallen und direkt in deinen Armen gelandet?", schlägt sie vor.

„Das bist du, mein Schatz. Genau das bist du!"

Rotlöckchen streicht mir über die Wange und reibt ihre Handfläche an meinen Bartstoppeln. „Dann kann ich mein Geschenk jetzt auspacken?"

Seufzend überreiche ich ihr die Schachtel. „Du weißt, dass ich dir nicht lange widerstehen kann."

Sie reißt das Papier ab wie ein Kind an Weihnachten und enthüllt eine weitere schlichte Schachtel. Als sie diese öffnet, starrt sie mit leerem

Blick auf das rosafarbene, C-förmige Ding darin. „Was..."

„Das ist ein tragbarer, App-gesteuerter Vibrator. Dieser Teil bleibt in dir und stimuliert deinen G-Punkt" - ich zeige auf das dickere Ende des „C" - „und dieser liegt an deiner Klitoris an." Nun deute ich auf das dünnere Ende.

Chastity schluckt. „Und lass mich raten... Du steuerst die App."

Ich grinse verrucht. „Richtig. Und du wirst das heute Abend auf dem Konzert tragen!"

„Ich soll was?", quiekt sie.

Ich ziehe mein Handy heraus. „Du weißt, dass ich dich vermisse, wenn ich arbeite. Also möchte ich, dass du an mich denkst, wenn ich heute Abend an dich denke. Und das wirst du jedes Mal, wenn ich diesen Knopf drücke!"

Der pinkfarbene Vibrator schaltet sich ein und tanzt über den Tisch zu einem der Cupcakes, die sie so liebt.

Dann drücke ich den Knopf erneut und das verdammte Ding springt fast vom Tisch!

„Er hat also verschiedene Vibrationsmodi", bemerkt Rotlöckchen.

Ich nicke. „Zehn!"

Rotlöckchen schluckt. „Und du willst, dass ich das trage... Heute Abend... Wenn ich mit Dani auf dem Konzert bin?!"

Ich kralle meine Hand in ihr Haar und ziehe ihren Kopf zurück. Dann beuge ich mich vor und flüstere ihr ins Ohr: „Das ist genau das, was ich will, Rotlöckchen. Ich werde dich die ganze Nacht auf Trab halten, damit du mich anflehst, dich kommen zu lassen, wenn ich dich hierher zurückbringe!"

Epilog
Chastity

„Chastity!"

Ein aufgeregter Schrei erreicht mich, noch ehe ich den vorderen Teil der Bühne erreichen kann, der für VIPs reserviert ist. Dann stürzt sich ein samtbraunes Haarbüschel auf mich!

„Oh, mein Gott, es ist so schön, dich zu sehen!" Ich lache auf und umarme Dani ganz fest.

„Kannst du das glauben?", fragt sie und weicht zurück, um mich anzuschauen. „Es ist wie in alten Zeiten!"

„Ich bin so froh, dass wir das tun können", sage ich und umarme sie erneut.

Dani mustert mich von oben bis unten in meiner engen schwarzen Jeans und meinem Top - etwas, das ich nie getragen hätte, bevor ich Xander kennengelernt habe. „Du siehst toll aus. Verliebt sein steht dir!"

Ich seufze glücklich. „Ich fühle mich großartig. Ich hätte weiß Gott nicht erwartet, dass ich meinen Seelenverwandten finde, als ich nach Denver ging."

„Und wie geht es dir nach der ganzen Stalker-Sache? Ich kann immer noch nicht glauben, dass du keinem von uns davon erzählt hattest", sagt sie mit einem finsteren Blick. „Du weißt, dass wir dir geholfen hätten!"

Ich drücke ihre Hand und schaue schuldbewusst drein. „Ich weiß. Ich habe es geleugnet. Ich habe versucht, so zu tun, als ob es nicht passiert wäre."

„Ich bin froh, dass er jetzt da ist, wo er hingehört", sagt Dani, die ganz auf der Seite von Xander steht, wenn es darum geht, dass Mark ins Gefängnis muss.

„Und wie läuft es mit Jax und der ganzen Sache mit der Scheinehe?"

Dani winkt nachlässig mit der Hand. „Ach, da gibt es nichts zu erzählen."

Ich öffne meinen Mund, um sie herauszufordern, als total unerwartet meine Vagina in einer Million kribbelnder Vibrationen explodiert! Ich zucke davon zusammen, als hätte man mir einen Stromschlag verpasst, und halte mich am Geländer vor mir fest.

„Chastity? Geht es dir gut?" fragt Dani besorgt.

So schnell wie es angefangen hatte, hört es auch wieder auf.

„Ein Krampf", keuche ich. „Mein Rücken macht mir etwas zu schaffen."

Dani wirft mir einen mitfühlenden Blick zu. „Oh, du Ärmste. Komm, ich massiere dich!"

„Ist schon gut. Du musst das nicht tun!" Ich schreie das letzte Wort jedoch heraus, als der Vibrator wieder zu kribbelndem Leben erwacht.

„Sieht schlimm aus", meint Dani und sieht von Sekunde zu Sekunde besorgter aus. „Hast du Schmerztabletten? Vielleicht sollte ich schauen, ob ich dir einen Stuhl besorgen kann." Sie schaut sich um, als würde auf wundersame Weise einer auftauchen.

Ich sacke derweil in mich zusammen, als sich der Vibrator ausschaltet und erinnere mich an Xanders Worte von vorhin zurück.

Ich werde dich die ganze Nacht auf Trab halten, so dass du mich anflehen wirst, dich kommen zu lassen, wenn ich dich wieder hierher bringe.

Ich bin mir nicht sicher, ob ich ihn gerade liebe oder hasse!

Ich schiebe Danis Bedenken beiseite: „Ich komme schon klar. Die Krämpfe, äh, kommen und gehen. Es hilft, sich zu bewegen."

Zum Glück kommt Soul Obsession in diesem Moment auf die Bühne und die Menge tobt.

Die nächsten zwei Stunden sind zu gleichen Teilen Himmel und Hölle, denn Dani und ich lachen, tanzen und singen uns durch unsere Lieblingssongs. Am Ende von „Grind It" kopiert Dani meine ruckartigen Tanzbewegungen nach einem besonders intensiven Stoß des Vibrators, der mich in die Knie zwingt. Gott sei Dank überdeckt die Musik mein Stöhnen und Keuchen, während Xander, der sadistische Arsch, mit der App spielt, als wäre er ein verdammter Klaviersolist.

Als Soul Obsession ihren letzten Song „Heartstrings" singen, bin ich völlig durchgeschwitzt und hechle. Zum Glück denkt meine Freundin, dass ich vom Tanzen heiß und verschwitzt bin, und sagt nichts dazu, als wir uns zum Abschied umarmen und versprechen, uns morgen zu treffen.

„Ich werde dich umbringen", grummle ich, als Xander und ich endlich in unserer Hotelsuite ankommen.

Dieser Fiesling hätte mich auf dem Weg zu unserem Zimmer im Aufzug fast zerfließen lassen! Drei Stunden sexuelle Folter machen keinen Spaß, aber nach der riesigen Erektion in seiner Hose und dem wilden Schimmer in seinen Augen zu urteilen, will er genauso verzweifelt loslassen wie ich...

„Xander!" schreie ich und schlage mir eine Hand vor den Mund, während er in der App auf seinem Bildschirm ein Muster erstellt. „Hör... sofort damit auf!" Mein letztes Wort endet abrupt mit einem Heulen, während ich mich mit zitternden Beinen an die Armlehne des Sofas klammere.

Xander wirft dann aber sein Handy auf das Sofa und nimmt mich in seine Arme. Ich muss gestehen, dass es nie langweilig wird, von ihm getragen zu werden!

„Lange Nacht, Süße? Keine Sorge, ich lasse dich nicht hängen", sagt er und schlendert mit mir ins Schlafzimmer.

Ich bin so aufgeregt und will unbedingt kommen, dass ich glaube, er müsste nur leicht auf meine Brustwarze blasen, damit ich explodiere.

Aber er lässt mich neben dem Bett auf die Füße sinken und zieht mir schnell die Kleider aus, bevor er dasselbe bei sich tut. Seine Hand taucht dann auch schon zwischen meine Schenkel und als er den Vibrator sanft aus meiner geschwollenen, empfindlichen Pussy zieht und ihn zu unseren ausrangierten Klamotten auf den Boden wirft, wimmere ich vor ungezähmter Lust.

Xander knurrt wie eine wilde Bestie. Allein das Geräusch bringt mich fast um den Verstand.

Sein gieriger Mund stürzt sich auf meine Lippen - tief und feucht, mit Zunge und Zähnen. Da ist ein Verlangen, ein Bedürfnis und eine Begierde, die alles durchdringt.

Xander streift mit seinen Küssen über meine Wange, knabbert an meinem Kinn und wandert dann zu meinem Schlüsselbein. Es durchzuckt mich wie ein Blitz, als er mit seiner Zunge von einem Schlüsselbein zum anderen wandert.

Anstatt mich zum Bett zu ziehen, dreht er mich um und drückt mich mit dem Rücken gegen die Wand. Mit gesenktem Kopf erfasst er meine steife Brustwarze und beißt sanft hinein.

Das ist alles, was ich brauchte. Die stundenlange Unruhe holt mich ein, und der Höhepunkt überrollt mich. Ich komme so heftig, dass ich fürchte, ich werde ohnmächtig.

„Baby, das ist das Geilste, was ich je gesehen habe", haucht Xander, als ich endlich wieder zurückkomme.

„Nicht genug", wimmere ich, weil mein Körper überreizt ist und mehr braucht.

„Ist schon gut, meine Süße. Ich habe dich ja bei mir", verspricht er, stemmt mich gegen die Wand und legt meine Beine um seine Taille.

Er hält mich mit seinem ganzen Körpergewicht hoch und ich lasse meinen Kopf zurück gegen die Wand fallen. Ich weiß, dass ich ihm vertrauen kann, dass er mich körperlich, emotional und mental immer stützen wird.

Und als er dann in einem langen, köstlichen Zug in mich eindringt, setzt mein Herzschlag aus.

„Oh Gott", würge ich, als er sich zurückzieht und erneut in mich stößt.

Als er sich wieder zurückzieht, halten mich seine Augen in diesem Moment fest im Bann.

Düster kichert er: „Mal sehen, wie viel du heute Abend noch aushältst..."

Bonus Epilog
Xander

Zwei Jahre später

Irgendetwas am Rücken meiner Frau fasziniert mich: die winzigen Sommersprossen, die Grübchen über ihrem Hintern und die üppigen Kurven, schätze ich.

Aber auch alles sonst an Chastity fesselt mich, und aus irgendeinem Grund empfindet sie dasselbe für mich.

Vor einem Jahr steckte ich ihr einen Ring an den Finger, und fünf Monate später gestand sie mir, dass ich Vater werden würde. Das waren zwei der glücklichsten Tage in meinem Leben - der glücklichste war der Tag, an dem sie mir beim Konzert von Soul Obsession in Denver in die Arme fiel.

Diese einjährige Tournee war nicht einfach für unsere Beziehung. Wir haben uns so oft wie möglich freigenommen und ich habe sie wie verrückt vermisst, wenn wir unsere Zeitpläne mal nicht miteinander vereinbaren konnten. Trotzdem sprachen wir mehrmals am Tag miteinander und unsere Liebe zueinander vertiefte sich während dieser Abwesenheit nur noch mehr.

Die Tournee selbst war ein riesiger Erfolg, jeder Veranstaltungsort war ausverkauft, bis hin zum letzten Auftritt in L.A. Und ich war nicht der Einzige, der auf diesem Weg seine Seelenverwandte gefunden hat - alle Jungs in der Band taten das - mit Chastitys Mädels! Tja, das Schicksal ist eine seltsame und wunderbare Sache zugleich.

Nach der Tournee zog Chastity nach Denver und wir kauften zusammen ein Haus. Ryder, mein Chef, brauchte jemanden, der das Büro in Denver leitet, seit er mit Charity nach Vermont gezogen ist und sie ihr Kind zur Welt gebracht hat. Das ist perfekt für mich: Ich bekomme immer noch den Adrenalinkick, den ich brauche, um das Team zu leiten, aber ich kann mich auch mit meinem Mädchen niederlassen.

„Ich liebe es, dich in mir zu haben", sagt Chastity, während mein praller Schwanz sie bis zum Anschlag ausfüllt.

Wir liegen uns gerade in unserem riesigen Bett gegenüber, ihre enge Pussy umklammert mein Prachtstück und ihr Schenkel liegt auf meiner Hüfte. Rotlöckchen kommt mir immer wieder entgegen, so dass ich tief eindringen kann. Ich neige dabei meinen Kopf und sauge an ihren Brustwarzen - die sind durch die Schwangerschaft noch dunkler geworden. Ich kann es kaum erwarten, dass ihre Muttermilch kommt, dann werde ich mich an Rotlöckchens Süße laben!

Chastity miaut wie ein Kätzchen, als ich mit meiner Zunge über den harten Nippel streiche. Sie ist noch empfindlicher als vorher, die Schwangerschaftshormone machen sie fast unersättlich - nicht, dass ich mich beschweren würde. In meiner Frau zu sein, ist jedes Mal wie nach Hause zu kommen.

Allmählich weiche ich zurück, bis nur noch meine Eichel in ihr ist. Chastity zieht meinen Kopf hoch und presst ihren Mund auf meinen, ihr zustimmendes Brummen vibriert spürbar auf meinen Lippen. Mit meinem Daumen umkreise ich den harten Nippel, nehme meinen Zeigefinger dazu und drücke ganz sanft, während ich wieder tiefer in sie eindringe. Rotlöckchens Möse windet sich um mich herum, gierig und fordernd.

Irgendwann löst Rotlöckchen ihre geschwollenen Lippen von meinem Mund: „Oh, Gott. Bitte, Xander. Ich brauche es härter. Ich muss kommen!"

Mit meiner Handfläche streichle ich über ihren geschwollenen Bauch. „Nur den einen, Rotlöckchen? Mein Mädchen ist normalerweise gierig nach mehr..."

Sie bewegt ihre Hüften und versucht, mich tiefer zu nehmen. „Ich lasse dich dich erholen, dann kannst du mir mehr geben."

Stirn an Stirn gebe ich ihr, was sie will, indem ich das Tempo erhöhe und mit festen, rhythmischen Stößen in sie eindringe. „Besser, Schatz?"

Rotlöckchen stöhnt und krallt ihre Fingernägel in meinen Rücken. Ich umkreise wieder ihre Brustwarze und nehme sie in den Mund, um immer wieder mit meiner Zunge über den harten, geröteten Nippel zu gleiten.

„Xander", keucht sie. „Hör auf, mich zu quälen!"

Mit einem festen Zug an meinem Mund antworte ich und ernte ein geiles Wimmern, bis Rotlöckchen an meinen Haaren zieht. Ihr berauschender Duft steigt mir in die Nase, da ist ein Hauch von Rosen und der Duft ihrer Erregung.

„Bist du sicher, dass du bereit für mehr bist, Rotlöckchen?" frage ich und halte kurz inne.

Doch als Rotlöckchen nur wortlos keucht, stoße ich hart und tief zu. Ich lege ihr Bein über meinen Arm, um sie weiter zu strecken, und lege ein irre schnelles Tempo vor. Meine wunderschöne Frau keucht und wimmert, während ich sie mit langen, kräftigen Stößen malträtiere wie ein Wilder. Rotlöckchen gräbt ihre Nägel in meine Kopfhaut und greift fest zu, während sie sich fest um meinen Schwanz windet. Mit einem heiseren Schrei kommt sie zum Höhepunkt und reißt mich mit sich ins Feuer.

Stöhnend gebe ich Rotlöckchen meinen ganzen heißen Samen, da ihre Muschi mich bis auf den letzten Tropfen ausquetscht.

Scheiße, meine Frau ist ein gottverdammtes Wunder!

Dann liegen wir beisammen und holen tief Luft. Chastity beugt sich vor und küsst das Tattoo, das jetzt die Narbe auf meiner Schulter bedeckt - ihr Name, über dem Flammen aufsteigen - eine dauerhafte Erklärung meiner Liebe zu meiner Frau! Meine rothaarige Sirene! Mein Rotlöckchen.

Neugierig auf Ryders Geschichte? Klicke einfach hier, um Charitys Eroberung zu lesen:

Vielen lieben Dank dafür, dass du Chastitys und Xanders Geschichte gelesen hast. Klicke einfach auf den Link, um dich für meinen Newsletter anzumelden und einen Bonus-Epilog zu erhalten:

Herz aus Gold Sneak Peek

Gemma

Jubelnd und bonbonkauend erfreue ich mich daran, dass ich endlich den Mietvertrag für meine Schmuckboutique im Zentrum bekommen habe! Bis ich mit meinen Freundinnen einen Pakt zum Frauentag schließe... Im Rausch des Zuckers und des Übermuts verspreche ich hoch und heilig, aus meiner Komfortzone herauszutreten und ein besonderes Porträt von mir anfertigen zu lassen. Allein der Gedanke daran, dabei nur meinen selbstgemachten Schmuck zu tragen und das fertige Gemälde an meine Schlafzimmerwand zu hängen, verleiht mir das Gefühl, stark, sexy und mächtig zu sein.

Mein ganzes Leben lang habe ich zugelassen, dass andere bestimmen, wie ich mich sehe, aber jetzt nicht mehr! Zumindest rede ich mir das ein. Weil ... *ich mich nackt ausziehe?* Vor einem Fremden? Das ist eine ganze Menge zu verarbeiten! Vor allem, da es sich bei diesem Künstler um Bentley Cormack handelt—meine einzige wahre Liebe und der Mann, der mich verlassen hatte.

Bentley

Ich hätte ja nie gedacht, dass ich mal nach Garland zurückkehren würde, aber als mir eine bemerkenswerte Summe für einen Kurzzeitaufenthalt an der örtlichen Uni angeboten wurde, konnte ich das unmöglich ablehnen. Das heißt aber nicht, dass ich für immer hier sesshaft werde—das ist nur vorübergehend, höchstens für ein Semester. Ich werde also ein oder zwei Kurse unterrichten und den Rest meiner Zeit nutzen, um mich wieder mit meiner Kunst zu beschäftigen. Doch gleich an meinem ersten Abend im Atelier werden meine Pläne über den Haufen geworfen.

Diese wohlgeformte Frau, die sich hier in meinem Atelier auszieht, ist niemand anderes als die nicht mehr ganz so kleine, jüngere Schwester meines besten Freundes. Während all der Zeit, in der ich weg gewesen war, habe ich Gemma nie vergessen können. Ich hatte von dem Tag geträumt, an dem ich würdig wäre, sie in ihrer ganzen drallen Pracht zeichnen zu dürfen. Können Gem und ich wirklich die Vergangenheit hinter uns lassen, oder wird jene Tragödie, die mich einst aus Garland vertrieben hatte, uns erneut voneinander trennen?

Kapitel Eins

Gemma

„Du hast *was* getan?!"

Die keifende Stimme meiner Mutter lässt mich zusammenzucken. Das ist genau die Konfrontation, vor der ich mich gefürchtet hatte.

Ich habe meinen Job beim Edeljuwelier Abraham's an den Nagel gehängt und es nach vier Jahren harter Arbeit nun endlich geschafft—und das alles ohne die finanzielle oder emotionale Unterstützung meiner Eltern!

Uni-Abschluss? *Check!* Ausbildung bei einem Branchenriesen? Auch dieses Ziel kann ich erfolgreich

abhaken. Mag sein, dass das keine Jahrhunderter-
rungenschaft darstellt, aber ich bin trotzdem
verdammt stolz auf mich, dass ich es durchgezogen
und meine Kündigungsfrist eingehalten habe.

Alles, was ich dabei gelernt habe, habe ich mir
zunutze gemacht und mich mit Leib und Seele
meiner eigenen Firma verschrieben. Ich habe meine
gesamte Freizeit in die Herstellung meines eigenen
einzigartigen Schmucks investiert und das letzte
Jahr damit zugebracht, *Herz aus Gold* zu einem
erfolgreichen   Online-Business   aufzubauen,
während ich gleichzeitig einem Vollzeitjob nachgehen musste.

Und nun, da ich meine Position als unabhängige
Künstlerin gefestigt habe, eröffne ich pünktlich zum
Valentinstag mein erstes eigenes Ladengeschäft in
meiner Heimatstadt Garland, Colorado.

Das Problem ist, dass ich meinen Eltern nie von
meinen Plänen erzählt hatte—*bis jetzt*.

Sie haben sich noch nie für meine Berufung interessiert und ich wusste genau, dass es schnell Stress
geben würde, wenn sie herausfinden würden, dass
ich den Rest meines Treuhandfonds in mein
Geschäft gesteckt habe.

Ich behielt Recht.

Während ich meine Mutter so ansehe, bekomme ich einen trockenen Mund. Sie ist so perfekt gekleidet wie eh und jeh. Ihr blondes Haar ist perfekt frisiert, ihr Make-up dezent, aber schmeichelhaft und in ihrer „Loungewear" wirkt sie lässig und elegant zugleich.

Sie ist so ziemlich das Gegenteil von mir. Manchmal ist es schwer zu glauben, dass wir tatsächlich Mutter und Tochter sind.

Körperlich ähnle ich eher meinen Vater. Ich habe seine haselnussbraunen Augen, seinen kräftigen Körperbau und seinen Teint geerbt. Wie immer steht er auch jetzt direkt hinter meiner Mutter, stets in ihrem Schatten. Er bevorzugt ein ruhiges Leben und tut, was in seiner Ehe dafür nötig ist—nämlich das, was seine Gattin sagt.

Es erstaunt mich immer wieder aufs Neue, dass mein Bruder Callum und ich so ausgeglichen geraten sind. Unsere Großeltern haben daran sicher einen großen Anteil. Sie glaubten bereits, dass es ihr Schicksal wäre, keine eigenen Kinder zu haben—bis Oma mit Mitte vierzig doch noch mit meiner Mutter schwanger wurde.

Des hohen Alters wegen hatten Callum und ich nicht lange Freude an unseren Großeltern, aber wir durften dennoch einige unserer prägenden Kindheitsjahre mit ihnen verbringen. Nun, bis wir Opa durch einen Herzinfarkt verloren. Meine Oma folgte ihm schon weniger als einen Monat später auf die andere Seite. Ich war immer fest davon überzeugt, dass sie tatsächlich an gebrochenen Herzen starb. Die Beiden gingen mehr als fünfzig Jahre lang Seite an Seite durchs Leben und liebten sich aufrichtig.

Als sie verstarben, änderte sich alles.

Meine Mutter erbte nun jenes Familienunternehmen, das mein Großvater einst gegründet hatte und mein Vater gab seinen Job als Vertriebler auf, um ihr bei der Unternehmensführung behilflich zu sein. Aus der Mutter und Hausfrau, die backte, mit uns spielte und bei den Hausaufgaben half, wurde plötzlich die Eigentümerin von „Bridge Financial Services". Für ihre Kinder war von nun an keine Zeit mehr. Der Country Club, das riesige Haus und all der materielle Besitz hatten ebenfalls Vorrang. Sie hatte alles, was sie wollte, bis auf eine Kleinigkeit—keines ihrer Kinder wollte in das Familienunternehmen einsteigen.

Aber Achtung: Man bekommt in diesem Leben halt nicht immer, was man will. Megan Stone hat das leider nie verstanden.

Schuldgefühle überkommen mich nun dennoch. Ich habe meine Eltern durch Schweigen hintergangen, aber ich wollte alles unter Dach und Fach bringen, bevor ich mich ihrer Kritik stellen musste. Ihre Enttäuschung über mich ist nichts Neues—diese war fester Bestandteil jeder Entscheidung, die ich je getroffen habe.

Die traurige Realität ist, dass ich eher die Chance hätte, einen Furz in einem Sieb aufzufangen, als meine Eltern davon zu überzeugen, dass mein Geschäft gut läuft.

Mein Leben durfte nicht länger auf einer Lüge basieren, denn das war weder meinen Eltern noch mir selbst gegenüber fair. Und es war auch Callum gegenüber nicht fair, den ich um Stillschweigen gebeten hatte.

Callum ist sowas wie der Goldjunge, der gar nichts falsch machen kann. In den Augen meiner Eltern habe ich ihm nie das Wasser reichen können. Er ist gutaussehend, stark und ein wirklich guter Mensch. Der Musterschüler mit einer vielversprechenden

Karriereperspektive als professioneller Footballer, bis zu der Nacht, in der ...

Ich schiebe diese Erinnerungen erstmal beiseite. Der Schmerz und die Schuldgefühle sitzen immer noch tief. Callum und ich stehen uns trotz der Bevorzugung durch meine Eltern nahe. Egal, was passiert, Callum war immer mein größter Unterstützer, und ich musste meine Neuigkeiten über das eigene Geschäft mit mindestens einem Familienmitglied teilen, das genauso aufgeregt darüber sein würde wie ich.

Nun brach also der Tag an, an dem ich meinen Eltern mein neues Projekt vorstellen wollte. *Mein Vater wird mit der Zeit schon einlenken, aber meine Mutter ist die wirkliche Herausforderung,* dachte ich. Ich kann dir versichern, meine Mutter würde eher ihre Zunge an einen fahrenden Zug tackern, als dass sie mich einen Kleinstadt-Juwelierladen eröffnen ließe! Das ist doch nicht beeindruckend oder ehrgeizig genug für die Tochter von Leonard und Megan Stone!

Mein Vater reagiert auf diese Nachricht mit seinem üblichen ungeduldigen Gemurmel und einem missbilligenden Kopfschütteln.

Meine Mutter ist jedoch keineswegs zu schüchtern, um ihre Verachtung auszudrücken. „Wie konntest du das tun, ohne es uns zu sagen? Wie konntest du dein Treuhandvermögen für einen Ramschladen verschwenden? Deine Großeltern würden sich im Grabe umdrehen, Gemma!"

Ich beiße mir erstmal auf die Zunge. „Das ist kein Ramschladen. Es ist eine Boutique, in der ich meinen Schmuck anbiete. Opa und Oma haben keine einzige Bedingung gestellt, wie Callum und ich unseren Treuhandfonds verwenden. Ich glaube sogar, sie wären stolz darauf. Ich bin fast dreiundzwanzig, verdammt noch mal! Ich bin eine unabhängige Frau und habe mir den Arsch aufgerissen, um meinen Traum zu verwirklichen!"

„In diesem Haus wird nicht geflucht, junge Dame." Der Mund meiner Mutter ist vor Unmut fest zusammengekniffen. Währenddessen hockt sie auf ihrem Plüschsofa, das mehr wert ist, als ich in sechs Monaten verdiene. „Du musst einen Ausweg aus dem Vertrag finden, den du mit dieser Frau geschlossen hast."

„Bette. Ihr Name ist Bette! Sie war meine Lehrerin in der Highschool, weißt du noch?"

Doch Mom winkt nur abfällig ab. „Es gab so viele Lehrerinnen. Ich kann mir nicht alle Namen merken, Schatz."

Es war nicht leicht, mein neues Geschäft vor meinen Eltern in unserer Kleinstadt geheim zu halten. Ich hatte Bette ausdrücklich darum gebeten, meine geschäftliche Identität geheim zu halten, bis ich den Mut aufzubringen imstande wäre, es meinen Eltern zu sagen.

Kopfschüttelnd erwidere ich: „Nein, es ist beschlossene Sache! Der Vertrag ist unterschrieben, der Laden ist angemietet und ich habe fünf Wochen Zeit, um mich auf die große Eröffnung am Valentinstag vorzubereiten."

„Du glaubst doch nicht ernsthaft, dass du mit dem Verkauf von Schmuck in Garland richtiges Geld verdienen kannst?! Hier gibt es keinen Markt dafür!", ermahnt mich meine Mutter.

Wütend balle ich meine Hände zu Fäusten. Wieder einmal hat sie mir das Gefühl gegeben, dass ich ein Nichts sei. Ich habe mein ganzes Leben lang versucht, es meinen Eltern recht zu machen und habe es dennoch nicht geschafft.

Nein, dieses Mal läuft es anders.

„Das sehe ich anders! Ich habe bereits ein erfolgreiches Online-Business am Laufen und es gibt nichts Vergleichbares in Garland oder den umliegenden Städten. Das ist keine Schnapsidee! Ich habe mich gründlich informiert und hart gearbeitet, um dies zu verwirklichen. Alles, worum ich bitte, ist, dass du ein bisschen Vertrauen in mich hast."

„Du könntest jetzt schon verheiratet sein, wenn du bei James geblieben wärst!" zedert meine Mutter.

Ich aber schüttle ungläubig den Kopf. „James Alderman? Mom, mit dem war ich in der Highschool gerade mal für zwei Sekunden zusammen!"

Wenn es nach ihr ginge, würde meine Mutter mich verheiraten, uns in ihren Country Club aufnehmen und perfekte kleine Enkelkinder bekommen, die sie vorführen könnte. Sie war noch wütender als ich, als James mir kurz vor dem Abschlussball einen Korb gab.

Ihre perfekte Vision von meinem Leben funktioniert nicht so, wie *sie* es geplant hatte. Ich selbst funktioniere ebenfalls nicht entsprechend ihrer Planungen.

Zu eigensinnig, zu tollpatschig, zu spontan, zu unberechenbar. Zu viel von... *allem*.

Und nach dem Unfall wurde alles nur noch schlimmer ...

Seitdem hatte ich mich doppelt so sehr bemüht, die Tochter zu sein, die sie sich wünschten. Ich habe versucht, meine Mutter glücklich zu machen, aber das Leben, das sie sich für mich vorgestellt hatte, würde mich innerlich verwelken und emotional zugrundegehen lassen.

„*Er* wäre ein guter Ehemann und Ernährer gewesen, im Gegensatz zu dem Jungen, dem du immer nachgehangen hast", sagt Mom angewidert.

Nun, sie meint *Bentley Cormack*.

Callums bester Freund.

Der Mann, dem ich mein Herz geschenkt hatte.

Und auch die Person, welche sie für den Unfall verantwortlich machen.

Wenn die nur wüssten ...

Mein Herz schmerzt immer noch seinetwegen, selbst nach all diesen Jahren.

„Ich bitte dich nur darum, mit deinem Urteil zu warten, bis du alles selbst gesehen hast. Die Eröffnung ist am Samstag vor dem Valentinstag, und ich würde mich freuen, wenn du dabei wärst. Ihr beide!"

Der Blick meines Vaters wandert nun in Richtung meiner Mutter. „Sie ist unsere Tochter, Megan! Wir sollten sie unterstützen, egal, ob wir mit ihren Entscheidungen einverstanden sind!"

Mein Gott, wenn ihr euch so aufspielt, werdet ihr noch steifer als üblich, schießt mir durch den Kopf, doch ich beiße mir einmal mehr auf die Zunge.

Meine Mutter seufzt. „Vielleicht..." Ihre Augen suchen nun meinen Blickkontakt. „Wir wünschten nur, du hättest dich für eine andere Karriere entschieden."

Callum war beruflich zu Höherem bestimmt, also setzten sie ihre Hoffnungen darauf, dass ich meinen Bachelor-Abschluss mache und mich als respektvolle, gehorsame Tochter in das Familienunternehmen einfügen würde—so, wie sie es immer wollten. Ich schätze, ich habe diesen bescheidenen Plan durchkreuzt.

„Wir lieben dich, Gemma. Zweifle nie daran", fügt mein Vater mit einem beruhigenden Lächeln hinzu.

Zweifle nie daran. Wie könnte ich das nicht tun? Taten sagen mehr als Worte und ihre Taten haben in den letzten Jahren keine Fragen offen gelassen.

Ich bin mir ziemlich sicher, dass meine Mutter eher ihre Wimpernverlängerung in Brand setzen oder ihr fünftausend Quadratmeter großes Haus mit dem herrlichen Blick auf die Berge eintauschen würde, als zur großen Eröffnung meines kleinen Ladens zu kommen.

Aber ich nehme, was ich kriegen kann. Sie geben sich ja immerhin Mühe, das muss doch auch etwas wert sein...

„Hast du zugenommen?", fragt meine Mutter plötzlich und lässt ihre Augen über meine üppigen Rundungen gleiten.

„Hast du die Diät nicht ausprobiert, die ich dir zugeschickt habe?"

„Nein, Mutter. Ich war zu beschäftigt. Außerdem habe ich keine Lust zu hungern..."

„Wenn du nur aufhören würdest, diese schrecklichen Toffees zu essen, die du so gerne magst..."

„Es sind Bonbons...."

„Ich bin sicher, du könntest in ein paar Wochen ein paar Pfund abnehmen, wenn du bloß auf Kohlenhydrate verzichten würdest ..."

Und damit falle ich für die nächsten dreißig Minuten ins Wachkoma, während sie mir die Vorzüge einer kohlenhydratfreien Ernährung erklärt...

Ich verlasse schließlich meine Eltern und folge der vertrauten Straße in die Stadt hinein. Während meines Studiums und meiner Arbeit bei Abraham's bin ich immer mal wieder nach Garland gefahren, aber ich hatte es dennoch vermisst, in meiner Heimatstadt zu leben. Fast so sehr, wie ich den Mann vermisse, der diesen Ort einst verließ und mein Herz direkt mitnahm.

Bentley.

Während plötzlich ein kleines Tränchen über meine Wange zu kullern beginnt, spüre ich, wie mir das Herz wehtut. Man sollte meinen, dass ich inzwischen über ihn hinweg sein sollte. Es tut aber immer noch weh, zu wissen, dass ich ihm nicht genug war, ähnlich wie bei meinen Eltern.

Eines Tages werde ich meinen Eltern gegenübertreten und ihnen sagen müssen, dass sie mich so akzeptieren müssen, wie ich bin—und nicht wie das perfekte Bild, das sie in ihrem Kopf erschaffen haben —ein Bild, dem ich niemals gerecht werden kann.

Ich wische meine Tränen schnell weg und schüttle den Kopf, um diese plötzlichen Emotionen zu unterdrücken, bis meine schulterlangen kastanienbraunen Locken vor meinem Gesicht herumwedeln.

Ich muss aufhören, mich selbst zu bemitleiden! Und ich muss aufhören, mich nach emotionaler Unterstützung zu sehnen, die es eh nie geben wird.

Als ob er meinen Schmerz spüren würde, heult mein kleiner Chevy bei der Steigung des nächsten Hügels laut auf. Ich schlucke den riesigen Kloß in meinem Hals hinunter und klopfe beruhigend auf das Armaturenbrett. „Komm schon, Mädchen! Mach jetzt bloß nicht schlapp!"

Garland liegt direkt hinter der nächsten Anhöhe und mein Herz klopft bereits jetzt in voller Erwartung. Ich erreiche die Kuppe des Hügels gerade so und …

da ist sie! Meine Heimatstadt liegt mir zu Füßen, umgeben von schneebedeckten Bergen. Während ich mich durch die Serpentinen schlängele, bevor ich die nächste ebene Straße erreiche, die in die Stadt führt, bilden Douglasien am Rand einen ganz besonderen Kontrast zum blauen Himmel.

Garland hat sich seit meiner Kindheit nicht allzu sehr verändert. Die Straße geht in eine breitere Allee über, die durch einen Mittelstreifen mit ordentlich gestutztem Grün getrennt ist. Auf den Bürgersteigen stehen Holzbänke, und die Hauptstraße ist von malerischen Geschäften gesäumt—einem Café, einem Wohltätigkeitsladen, einem Bekleidungsgeschäft und einem Haushaltswarenladen. Außerdem gibt es Valentine's Kitchen, die Bäckerei von Natasha Valentine, oder nun Natasha Thompson, da sie ja nun mit Link, dem örtlichen Mechaniker, verheiratet ist.

Ich liebe den Gemeinschaftssinn hier! Natürlich gibt es auch bei uns Wichtigtuer, wie in jeder Kleinstadt, aber wenn jemand in Not ist, helfen die Leute sofort.

Mein Blick fällt sofort auf den Laden an der Ecke. Auf dem Schild steht noch *„Bette's Bucheck"*, aber bald wird es durch *„Herz aus Gold"* ersetzt, wo ich meine

Schmuckkreationen verkaufen werde. Stolz und Freude übermannen mich, als ich auf dem leeren Platz vor dem Laden einparke.

Im September letzten Jahres erhielt ich genau die Neuigkeit, auf die ich gewartet hatte. Bette Sanders, meine Mentorin und Englischlehrerin aus der High School, rief an, um mir mitzuteilen, dass sie in den Ruhestand gehen würde—zum zweiten Mal. Als sie damals mit dem Unterrichten aufhörte, eröffnete sie einen Buchladen und eine Schülerhilfe in der Haupt-straße, wo sie einkommensschwachen Familien kostenlos Nachhilfe anbot. Jetzt, mit Anfang siebzig, beschloss sie, auch das an den Nagel zu hängen und in die Karibik zu ziehen, um den Rest ihrer Tage in der Sonne zu verbringen.

Das bedeutete aber auch, dass ihr kleiner Laden zu vermieten war. Sie hatte ihn gekauft und ich würde ihn nun von ihr pachten—von einer Frau, der ich vertraue, die sich über die Jahre meine Sorgen und Nöte angehört und mir jenen mütterlichen Rat gegeben hat, der mir in meinem Leben stets fehlte.

Es ist eine Win-Win-Situation. Bette hat eine Einkommensquelle, während sie sich in der Karibik sonnt, und ich habe die Möglichkeit, meinen Traum zu verwirklichen.

Gutgelaunt springe ich aus dem Auto, meine Schritte sind dabei unbekümmert und mein Lächeln wird immer breiter, je mehr ich mich meinem Laden nähere.

Meinem Laden!

Der Gedanke daran versetzt mir immer wieder einen Kick.

Hektisch krame ich in meiner Handtasche, hole den Schlüssel heraus, den Bette mir gegeben hat und schließe die Tür auf. Als ich sie öffne, quietschen die Türscharniere und ich notiere mir gedanklich, dass ich sie vor der großen Eröffnung unbedingt ölen sollte.

Ich schalte nun den Lichtschalter ein. *Nichts...* Nun schaue ich nach oben. *Hmm...* Sieht aus, als wäre die Glühbirne durchgebrannt, aber es ist immer noch genug Tageslicht da, um einen Blick in den Laden zu werfen. Meine gedankliche „To-Do"-Liste zieht sich wie meine Lieblingsunterwäsche, wenn sie meine üppigen Kurven eindämmen muss, während ich vom Verkaufsraum zum hinteren Lagerraum wandere und mir dabei all die Veränderungen vorstelle, die ich vornehmen werde.

Die Arbeit hat bereits begonnen, aber es gibt immer noch viel zu tun, bevor der Laden für die Kundschaft zugänglich sein wird. Zum Glück sind die Elektrik und die Sanitäranlagen in Ordnung, so dass ich eine Menge Geld sparen kann. Da ich kein großes Budget habe, habe ich einen Teil der Arbeiten selbst erledigt, und anstatt mich davon entmutigen zu lassen, konnte ich es kaum erwarten, loszulegen.

Das ist meine Leidenschaft, mein Projekt—eine Erweiterung meiner selbst und das Ausleben jener Kreativität, die meine Eltern nie zu schätzen wussten!

In gewisser Weise bin ich froh, dass sie diesen Ort erst am Eröffnungstag sehen werden—es macht keinen Sinn, ihnen eine leere Hülle zu zeigen, die sie mit ihrer Kritik zerpflücken würden. Während ich über die karge Einrichtung und die Löcher in den Wänden, die Bettes Bücherregale hinterlassen haben, hinwegsehen kann, wäre ich mir bei meiner Mutter da nicht so sicher.

Währenddessen lächle ich wehmütig über den schwachen Geruch alter Bücher, der immer noch in der Luft liegt. Bettes Begeisterung als Lehrerin hat mir die Liebe zu Büchern eingeflößt und dafür gesorgt, dass mir Lesen und Literatur Spaß machten. Sie hat auch mein Interesse an Buchclubs geweckt, was zu einigen fantastischen Freundschaften geführt hat.

Ich denke dabei an meine Mädels Cleary, Devyn, Mandy, Cordy, Tabitha und Peyton. Wir sind alle so unterschiedlich und doch haben wir uns durch unsere Liebe zu Büchern gefunden. Unser Gruppenchat ist zu gleichen Teilen emotional und lustig, während wir alle gemeinsam die Höhen und Tiefen des Lebens meistern.

Mein Handy klingelt plötzlich und ich ziehe es schnell aus meiner Jackentasche. Als ob meine Gedanken sie herbeigerufen hätten, sehe ich die Nachrichten, die ich von den Mädels in unserem Gruppenchat verpasst habe, vor mir. Sie antworten auf meine Nachricht, dass der diesjährige Valentinstag bevorsteht...

Ich: *Valentinstag ist scheiße!*

Cordy: *Nee. Diesmal nicht! Wir werden dieses Jahr am Valentinstag kein Trübsal blasen!*

Ich liebe Cordy! Sie ist ein Schatz und immer so fröhlich und positiv gestimmt.

Tabitha: *Wir blasen am Valentinstag doch immer Trübsal...*

Tabitha hat nicht unrecht. Keine von uns ist in einer Beziehung und es ist kein großes Geheimnis, dass der Valentinstag eben scheiße ist, wenn man Single ist.

Cleary: *Wir machen unser Ding!*

Devyn: *Deshalb haben wir Wein!*

Ich: *Ihr habt Wein. Ich bleibe bei meinen Schokoladen-Spezialitäten. Hartes und Schokolade, aber ohne Kater. :P*

Mandy: *Und Kuchen! Kuchen ist ein Muss!*

Peyton: *Vergesst die Buch-Freunde nicht. Die helfen, den Schmerz zu lindern, lol.*

Cleary: *Vor allem, wenn sie mit „Rose" einhergehen!*

Ich muss unbedingt noch herausfinden, was es mit dieser „Rose" auf sich hat.

Cordy: *Ich hab' eine Idee!*

Ich kann fast das kollektive Stöhnen unserer Gruppe hören und kichere bei Peytons nächster Bemerkung.

Peyton: *Moment. Ich muss nur schnell eine kugelsichere Weste holen...*

Ich: *Oh, mein Gott! Das letzte Mal, als du eine Idee hattest, wurden wir fast verhaftet. Und ich habe meinen aufblasbaren Delfin nie mehr wiedergefunden.*

Ich habe diesen Delfin geliebt!

Devyn: *Das war die Nacht, in der ich mit nur einem Schuh nach Hause kam. Dein Delfin ist wahrscheinlich bei meinem verlorenen glitzernden Stiletto...*

Mandy: *Rum und ich haben uns nach dem letzten Mal, als wir alle zusammen waren, getrennt. Ich kann keine Flasche sehen, ohne dass mir übel wird.*

Das ist wahr. Es war total chaotisch!

Peyton: *Siehst du? Deshalb stecke ich meine Nase immer in ein Buch. Ihr Mädels seid nämlich nicht ohne Risiko.*

Cordy: *So schlimm bin ich nicht.*

Cleary: *Doch, das bist du!*

Peyton: *Cordy, ich liebe dich, aber auf spezielle Weise!*

Cleary: *Peyton hat nicht Unrecht, Süße. Du solltest mit einem besonderen Warnhinweis versehen werden.*

Cordy: *Wie auch immer. Ich denke, wir sollten einen Pakt schließen.*

Ich runzle die Stirn und frage mich, was Corey vorhat.

Mandy: *Was für einen Pakt?*

Ich: I*ch hoffe, er erfordert kein Blutopfer.*

Cordy: *Wir alle verbringen den Valentinstag mit etwas, das wir nie tun würden.*

Etwas, das wir nie tun würden? In meinem Fall ist diese Liste so lang wie mein Arm.

Devyn: *Was zum Beispiel?*

Cordy: *Was immer du willst. Ich habe heute Morgen in der Zeitung eine Anzeige gesehen, in der ein Bergmann eine Assistentin für zwei Wochen sucht. Vielleicht rufe ich an...*

Cleary: *Das ist nicht dein Ernst!*

Cordy: *Ich meine das völlig ernst.*

Meine Gedanken überschlagen sich, während die Idee zusehends an Fahrt gewinnt.

Ich: *Die Idee gefällt mir. Vielleicht wage ich den Schritt mit der Ausstellung in der nächsten Stadt. Ein paar meiner Kreationen ausstellen.*

Peyton: *Verrückt, aber ich mag verrückte Sachen!*

Mandy: *Etwas, das wir nie tun würden? Das ist eine schreckliche Idee! Wir tun Dinge ja nicht ohne Grund.*

Hmmm. Mandy hat nicht ganz Unrecht.

Devyn: *Gut. Ich bin dabei. Eine der Freiwilligen im Tierheim will mich immer wieder mit ihrem Neffen verkuppeln. Wenn sie es das nächste Mal anbietet, verspreche ich, dass ich ja sagen werde.*

Cleary: *Aber kennst du die Statistiken darüber, wie viele Frauen auf eigene Faust losziehen und dann von einem Raubtier angegriffen werden? Ich habe Statistiken. So viele Statistiken!*

Ja, Cleary liebt ihre Statistiken.

Ich: *Du weißt ja, was man sagt—man wächst nicht, wenn man in seiner Komfortzone bleibt.*

Mandy: *Gem, das ist eine tolle Idee! Deine Stücke sind wunderschön! Vielleicht hast du Recht. Ich kann nicht glauben, dass ich das sage, aber ich bin dabei! Ich werde das Boudoir-Shooting buchen, über das ich schon lange nachgedacht habe.*

Bei Mandys Lob wird mir ganz warm ums Herz. Es ist immer schön zu hören, dass anderen meine Kreationen gefallen.

Peyton: *Also, wenn ihr Mädels mitmacht, mache ich das auch. Eigentlich wollte ich den letzten Naturschutzbericht an den Bauträger schicken, aber ich werde ihn persönlich konfrontieren!*

Cordy: *Dann ziehen wir es also durch?*

Cleary: *Ich habe am Valentinstag eine Konferenz in Las Vegas. Aber ich denke, ich könnte meinen Zeh aus meiner Komfortzone herausstecken.*

Peyton: *Ich stehe für das ein, woran ich glaube, und ich werde nicht nachgeben.*

Das ist mein Mädchen, Peyton!

Ich: *Juhu!*

Cleary: *Vielleicht höre ich im Büro des Sheriffs auf und werde ein Showgirl!*

Mandy: *Ich hasse solche Weinplaudereien.*

Devyn: *Ach, Mandy, schieb es nicht auf den Wein. Was auch immer passiert, es wird alles Cordys Schuld sein! Ich bereue das jetzt schon...*

Cordy: *Jetzt freue ich mich sogar auf den Valentinstag. Juhu! Das wird so viel Spaß machen!*

Meine Mädels haben mir Feuer unterm Hintern gemacht und mir sind noch ein paar andere Ideen in den Sinn gekommen, wie ich mich aus meiner Komfortzone herausbewegen kann!

Keine Selbstzweifel mehr!

Nie mehr meine Wünsche und Bedürfnisse opfern, um anderen zu gefallen!

Es ist nun Zeit für Gemma Stone, vorzutreten und ihren Platz in diesem Leben zu finden und zu behaupten!

Lesen Sie hier weiter: https://www.authorvioletrae. com/deutsche-b%C3%BCcher/herz-aus-gold